A MENINA DE VÉU

Natália Nami

A MENINA DE VÉU

Rocco

Copyright © 2014 Natália Nami

Pablo Neruda. Fragmento de "El Tiempo", *Jardín de Invierno*
© Fundación Pablo Neruda, 2012. Publicado com autorização.

Poema "O tempo", *Jardim de Inverno* –
trad.: José Eduardo Degrazia – Edição bilíngue, p. 69.
Publicado no Brasil em abril/2011 pela L&PM, Porto Alegre.
Publicado com autorização.

Páginas 66 e 67. Ana Cristina Cesar. Fragmentos do poema
"21 de Fevereiro", *Cenas de abril*.
Publicado com autorização dos herdeiros.

Direitos desta edição reservados à
EDITORA ROCCO LTDA.
Av. Presidente Wilson, 231 – 8º andar
20030-021 – Rio de Janeiro, RJ
Tel.: (21) 3525-2000 – Fax: (21) 3525-2001
rocco@rocco.com.br
www.rocco.com.br

Printed in Brazil/Impresso no Brasil

Preparação de originais
ROSANA CAIADO

CIP-Brasil. Catalogação na fonte.
Sindicato Nacional dos Editores de Livros, RJ.

N163m	Nami, Natália
	A menina de véu / Natália Nami. –
	1ª ed. – Rio de Janeiro: Rocco, 2014.
	ISBN 978-85-325-2871-1
	1. Romance brasileiro. I. Título.
13-04621	CDD-869.93
	CDU-821.134.3(81)-3

Para Marcelo Nami,
meu maninho

O Tempo

De muitos dias se faz o dia, uma hora
tem minutos atrasados que chegaram e o dia
forma-se com estranhos esquecimentos, metais,
cristais, roupa que seguiu nos recantos,
predições, mensagens que não chegaram nunca.

O dia é um tanque num bosque futuro,
esperando, povoando-se de folhas, de advertências,
e de sons opacos que entraram na água
como pedras celestes.
                E na margem
ficam pegadas douradas da raposa vespertina
que como um pequeno rei rápido quer a guerra:
o dia acumula em sua luz fibras e murmúrios:
tudo surge de repente como uma vestimenta
que é nossa, é o fulgor acumulado
que aguardava e que morre por ordem da noite
derramando-se na sombra.

                                        Pablo Neruda
                          Tradução: José Eduardo Degrazia

1

Os pulsos de Teresa juntaram-se no ar, os dedos feriram com força o bronze dos címbalos – era o final da coreografia. Os pés descalços marcaram o último acorde com uma batida seca no chão, e Teresa inclinou-se para baixo numa reverência, a saia de musselina vermelha piscando junto com as luzes do palco – amarelas, cor-de-rosa, esverdeadas. Aplausos estouraram. Lígia bateu palmas também, depois de enxugar os olhos. Era sua filha lá na frente, a moça morena de cabelos pela cintura, a que fazia as outras dançarinas virarem uma pintura embaçada. Depois da apresentação, mãe e filha comemorariam com um jantar num restaurante que Teresa ia escolher, depois viria a despedida. Teresa iniciaria os estudos na faculdade, iria para uma cidade distante. Lígia emocionou-se outra vez, e um rapaz que ela não tinha visto, mas que talvez tivesse estado o tempo todo ali, na mesma fileira, a poucas poltronas de distância, ofereceu-lhe um lenço. O rapaz estava de branco e aplaudia com mais entusiasmo do que o resto do público. Lígia notou que Teresa, do palco, olhava para ele.

Um pouco a contragosto, Lígia reconheceu que estava decepcionada por Teresa não ter lhe confidenciado sobre esse possível namoro. Experimentou um desejo quase insuportável de ter sua filha nos braços, não naquele formato crescido, mas como uma criança pequena, um bebê. Espremeu entre os dedos o lenço que o rapaz de branco lhe dera. Não teria agora onde secar as lágrimas que viessem, caso viessem, e acabou se dando conta de que já tinham vindo, pois a vista se turvara na tentativa de ler a mensagem – havia uma mensagem no lenço. Uma data? Podia ser um endereço. Lígia esticava o papel para tentar devolvê-lo ao estado original, queria ler a mensagem e apertou a vista, que ardia de lágrimas e de sono, precisava dormir. Por que o rapaz de branco lhe dera um lenço escrito? Por engano, obviamente. Ou então a mensagem seria na verdade a marca registrada da empresa fabricante de lenços. Não, definitivamente era um endereço. O nome de uma rua. Lígia comprimiu pálpebra contra pálpebra e em seguida julgou ver uma sequência de palavras que não faziam sentido, aquela devia ser uma língua estrangeira. Ela aproximou o lenço até ele quase tocar-lhe o rosto, mas as letras fundiram-se ao papel, que ela rasgou e atirou, discretamente, ao chão.

Lígia fechou os olhos e, quando os abriu de novo, o rapaz havia sumido. Todos haviam desaparecido, apenas Teresa estava ao seu lado, com um sorriso fresco como o castanho dos olhos, aquele castanho que abrigava matizes do mel, e que atenuava o pretume das sobrancelhas e dos cílios compridos, agora mais negros sob a camada de rímel. "Vamos embora, mãe?", convidou, ainda com o traje de odalisca. "Vá trocar de roupa, minha filha, essa pode ser perigosa." Teresa começou a rir. "Como uma roupa pode ser perigosa?" Lígia não respondeu. Teresa ria porque não sabia das coisas. Não sabia do homem de branco, das letras no lenço rasgado.

Foram encaminhando-se para a saída do teatro. "Por que todos foram embora?", Lígia quis saber, mas Teresa já estava longe, escorando a porta de dobradiças enferrujadas com o peso do corpo, para a mãe passar. "Rápido!", apressou-a. Lígia pediu calma, as pernas estavam cansadas. Acaso as trancariam ali, como duas prisioneiras? "Temos pouco tempo", avisou a menina, desgrudando-se da porta e dando a mão a Lígia. Teresa sorria ainda, e andava com uma graça ao mesmo tempo sensual e infantil, balançando às vezes os quadris, às vezes os cabelos, e quando balançava os cabelos balançavam também as medalhinhas, havia várias costuradas na faixa que cingia a testa e no bustiê vermelho. Lígia, de longe, tinha enxergado a roupa da filha vermelha e ao mesmo tempo rosada. Havia tons de rosa na saia, certamente, e de vermelho, laranja, dourado e prata. Ou teriam sido as luzes do palco que a confundiram? Luzes de cores volúveis como grãos de confete chovendo através de uma janela vazada de sol.

"Teresa, você está linda!"

Lígia lhe disse isso e viu-se do lado de fora do teatro, no meio do trânsito barulhento de sexta-feira, cercada de automóveis, ruídos de sirenes, freios, faróis. Os postes da avenida enfileiravam-se exibindo a iluminação simétrica; a noite amadurecia. Teresa reclamou que tinha fome. Lígia avisou: "Trouxe comida para você, está aqui no bolso da minha blusa." Teresa aborreceu-se, e com razão: a mãe não havia prometido que a levaria a um restaurante? Lígia desculpou-se pelo esquecimento e as duas atravessaram velozes uma rua onde um grupo de artistas circenses apresentava-se de graça, sob um semáforo enfeitado com máscaras, flores de plástico e serpentinas – era Carnaval.

Foram ambas caminhando ao longo de uma rua que desembocou numa praça vazia. Teresa quis saber onde estavam.

"Já estamos chegando", garantiu Lígia, sem coragem de confessar à filha que estava perdida. Queria levá-la a um restaurante diferente, sabia que ficava por ali, mas não imaginava que fosse tão longe. Teresa argumentou que o combinado era que ela, e não a mãe, escolhesse o restaurante. Lígia lembrou-se de que a filha estava com fome, e observou que o ventre da menina estava nu também por fora, só as medalhinhas lá em cima fingindo que vestiam. Temeu por sua segurança, sua integridade. Ofereceu-lhe um casaco, mas não o encontrou na bolsa. "Você deve ter deixado no teatro", Teresa concluiu, um desapontamento nos olhos. Sentia frio.

A rua seguinte era um beco deserto. Lígia lembrou que o restaurante ficava ao final do beco, mas à direita ou à esquerda? Parou um instante para tentar divisar alguma placa, um aviso. Da extremidade oposta, porém, iluminado por uma luz vaga, surgiu não o neon de um letreiro convidativo, mas o rapaz de branco que estivera no teatro aplaudindo Teresa com entusiasmo. Lígia perguntou o que o rapaz estava fazendo ali. Teresa não respondeu. Lígia repetiu a pergunta, Teresa explicou que não o conhecia. Lígia irritou-se: a filha resolvera pregar-lhe mentiras. "Como não conhece, Teresa, se ele está vindo na sua direção?"

Mãe e filha resolveram esperar. Talvez fosse um colega do qual Teresa não se lembrasse bem, um conhecido do curso primário, ou alguém que se encontraria com ela na vida futura. "Parece um estudante de medicina", observou Lígia, achando estranho, porém, que o rapaz agora não sorrisse. "Estou com fome", Teresa reclamou outra vez. Lígia contemplou-a surpresa: por que falar em comida justo agora, quando um desconhecido aproximava-se sem a menor explicação? Sentiu que talvez fosse melhor fugirem; convinha procurar um táxi, mas não haveria nenhum àquela hora. "Vamos sair daqui, minha filha", pediu, num grito que era ao mesmo tempo sussurro.

Os pés de ambas, no entanto, continuaram fixos às pedras da calçada. Teresa tocou na mão de Lígia, que sentiu um torpor de morte. A outra mão, fragilizada, acabou derrubando a bolsa, de onde escapou um xale. Teresa apanhou o xale da mãe e com ele cingiu os ombros para tentar se aquecer. O rapaz estava a dez passos delas e caminhava com um dos braços para trás, como se escondesse alguma coisa. Um presente para Teresa, talvez? Flores em homenagem à sedutora dança que ela apresentara no palco embalada por exóticas canções ciganas? Lígia voltou-se para a filha e, com um olhar que ela sabia que seria o último que dirigiria à odalisca envolta no xale materno, falou, como se tivesse colhido todo o perfume de todas as flores e o depositado na voz: "Minha filha, você está tão bonita assim, parece uma oriental."

Teresa sorriu e olhou para a mãe. Não viu quando o rapaz de branco aproximou-se e, erguendo o braço que estava oculto, exibiu não um ramalhete de rosas, mas uma arma. Atirou três vezes no peito de Teresa, que tombou no chão sem fazer o menor ruído, a não ser pelo atrito das medalhinhas, que escaparam da roupa e espalharam-se sobre o sangue, sem, entretanto, deixar que a vermelhidão cobrisse o fulgor do metal. Lígia ajoelhou-se ao lado da filha e viu que seu rosto estava agora coberto pelo xale que se transformara, na queda, em mortalha. Tentou arrancá-lo dali, precisava rever o rosto da filha, tentar reanimá-la. Seria possível que ainda respirasse? Lígia puxou o xale com violência, mas as extremidades haviam ficado presas nas reentrâncias das pedras da calçada. Sua filha poderia estar na busca aflita pelo oxigênio e ela não podia salvá-la. Continuou ali ajoelhada ao lado de Teresa, repetindo seu nome e usando toda a força que lhe restava para libertar o rosto da filha do pano agora cheio de nós. Tentou rasgá-lo com os dentes. Os dentes se desmancharam, transformando-se numa cortina esbranquiçada que limitava a visão. O corpo da filha tinha o vermelho do sangue misturado ao vermelho da saia de gomos que lembravam as serpentinas penduradas pela rua dos artistas de circo que talvez ainda estivessem fazendo sua dança rubra no sinal parado. As medalhinhas douradas nadavam sobre o sangue como se fossem estrelas flutuantes.

Lígia abriu os olhos.
– Teresa, é você?

2

Estavam sentados à mesa do restaurante e havia sol do lado de fora, havia mar, garçons solícitos, o aroma do pão coberto de azeite, a carne dourada fatiando-se nos espetos, o bufê de saladas que lembravam mosaicos de tapeçarias orientais. Amir abraçou a mulher, com a outra mão acariciou sua barriga. Um garçom educado como todos os outros lhes trouxe o vinho tinto e passou na mesma hora um vendedor de flores, Amir comprou uma rosa. A esposa sorriu, passou na barriga a própria mão, olhou o ventre onde a filha devia também estar na alegre espera do primeiro churrasco, estavam ambos mais a filha felizes, não fosse pela mesa na diagonal direita, próxima ao piano que por enquanto estava coberto.

– Quer sentar perto da janela?

Amir foi solícito como os garçons, ofereceu à esposa a possibilidade de uma vista para o mar, ela deu um sorriso contido, era médica, sorria pouco, cirurgia cardiovascular, acostumara-se a enfrentar o mundo com muita seriedade, o parto que logo viria, a criação da criança, mas sorriu liberando mais dois ou três milímetros de envergadura de lábios porque era domingo, era cedo, ou não era tão tarde, e estavam ali ela, o rebento ainda não arrebentado e o marido, sobretudo o marido, empresário bem-sucedido, sobretudo fiel, sobrancelhas grossas

fazendo a ronda dos olhos pretos, óculos, sorrisos raramente, terno e gravata, hoje estava sem.
"Por que sentar perto da janela?", a esposa poderia pensar. E poderia lhe perguntar, o que, se fosse o caso, ele responderia de imediato: "Porque aqui está frio, o ar vem forte demais, pode fazer mal à criança." O garçom voltou, serviu-lhes de guarnições. Poderia dizer a verdade: "Não quero ficar aqui por causa da proximidade com o piano." O perfume de alho gratinado soprou nas narinas de Amir com inflexões de uma estabilidade harmoniosa, um pertencer à vida, e ele suspirou, chegou a sorrir para o garçom, que só agora ele notava que não era o mesmo do vinho, todos tão parecidos, deviam ser normas do restaurante para que a culinária chamasse mais atenção.

– Está me incomodando.

A esposa médica franziu o cenho enquanto mastigava o primeiro pedaço de pão, fez sinal para que Amir continuasse a frase mas ele não continuou; o impulso de dizer a verdade, causado pelos eflúvios do alho que talvez lhe tivesse lembrado algum episódio da infância, passou, e ele riu olhando para o alto, onde estava o aparelho de ar-condicionado. Estou ficando velho, iria completar, dali a pouco, assim que chamasse o garçom com a bandeja de carne de carneiro, aproveitando para pedir também o molho de hortelã, que viria e veio, junto com uma tigela cheia de amendoins sem casca.

– Essas tempestades fora de época, que coisa terrível.

Quem o dissera fora a esposa, apontando para o televisor numa parede, e Amir chegou a pensar que a frase tivesse vindo para raspar um pouquinho daquela perfeição, a refeição sairia cara e, ainda que fizessem aqueles excessos todos os dias, todos os dias haveria dinheiro para pagá-los, e era preciso focar na miséria do mundo, apontar o dedo, para que a carne revestida da vicejante hortelã pudesse, mencionados os terrores alheios, cumprir um caminho livre de percalços da garganta ao estômago.

– Olha que horror – a esposa pusera a mão sobre a boca, para se proteger da cena.

Amir pediu que ela desviasse os olhos; "tantos desabrigados, soterrados, mas nós não podemos fazer nada, infelizmente, coma sua carne, não temos nada com isso", iria completar, mas conteve-se, olhou para o lado direito, o lado do piano. Havia uma mesa como todas as outras, sobre a mesa uma toalha bege como as demais, entretanto Amir não havia reparado que sua toalha e de sua mulher era uma toalha bege, percebera a própria cor através de outra mesa, uma mesa estranha, a mesa à sua direita no sentido diagonal e paralela ao piano, sobre o qual alguém estendera um pano preto, talvez de plástico, não, um linóleo sob o qual haveria talvez um revestimento em algodão, ou juta, ou resina, a esposa perguntou:

– Amir, está com calor?

O pano do piano me lembrou um ataúde, quis dizer a ela, mas se começasse a entregar-se àquele curso – a sensação, ou lembrança, ou pensamento era um curso veloz cuja maré, como a dos oceanos, o tragaria e lhe sugaria o ar –, não sentiria mais fome, nem gula, nem a excitação que provinha do estômago e deixava o sorriso de empresário alguns milímetros menos curto.

A esposa lembrou-se de brindar com o vinho, ele lembrou-se de pedir a ela que não se excedesse no álcool, havia a criança.

O olhar resvalou para o piano e do piano para a mesa, como numa partida agora insuportável de xadrez. Ele resignou-se por fim à imagem que o restaurante oferecia, como se entregasse um bispo, uma torre; aquele estabelecimento que fora programado apenas para dar prazer agora lhe extraía as pedras nobres. Olhou a mesa ao pé do piano, à mesa estava Lígia. Ou uma mulher cuja semelhança com a mulher em que Lígia teria se transformado era quase incômoda. Ele viu duas taças, ora vazias, imaginou um reflexo do piano no vidro. No reflexo haveria as teclas, as pretas delgadas, as brancas largas que em instrumentos tocados de fato se fazem amareladas. Se ao menos alguém se lembrasse de arrancar o pano, arremessá-lo; não era para haver piano, mas já que havia, que o tocassem.

Passou as mãos pela testa, detestava suar, desprendeu o primeiro botão da camisa, o segundo. Levantou-se, deu um beijo na mulher, voltou a sentar-se. Esticou o braço e apanhou a bolsa dela, puxou com violência o zíper, escancarou os dois lados como se descolasse uma substância rija, apanhou a câmera, pediu ao garçom que tirasse uma foto dos três:

— Sim, dos três, o senhor não está vendo, mas nem por isso ela deixa de estar aqui — disse, agora sorridente, suado, era um garçom como os outros, mas que perguntou se a criança já tinha nome, a esposa riu e disse que sim, que seria menina e levaria o nome da mãe dela, Amir ajeitou a cabeça escura ao lado da cabeça loura, pôs a mão na barriga, acariciou a filha com nome de avó e o pensamento que ficaria registrado no clique seria o de como ele era feliz, e não soube por que fez tanta questão de que o garçom apertasse rápido o botão, tão simples o ato, prosaico mesmo, mas ele não parecia estar acostumado com câmeras, ajustava, enquadrava e, se demorasse mais um segundo, o pensamento emoldurado no sorriso não seria mais aquele, seria outro, que mergulhasse o dedo no botão! Não deu tempo, e o olhar que se paralisou nos milímetros repuxados foi o de um piano coberto de negro.

3

Estou olhando para três telas de modo alternado: uma é a janela costurada no fundo branco cuja calmaria só se transforma quando um relâmpago anuncia que teremos uma miséria de manhã; a outra é a tela minúscula do telefone celular, que há dias não recebe sequer um engano; e a terceira é o bloco que acolhe estas palavras em grafia trêmula. O desamparo é o mesmo. Pela janela ainda se promete a chuva, que provavelmente não virá, e no bloco as palavras se sucedem, ainda que seja para se rasgarem depois; já o visor do aparelho mantém-se impassível, obedecendo à lógica dos telefonemas que não chegam. Estou cansada de minhas próprias palavras. Faz tanto tempo que as digo e principalmente que se multiplicam nos bilhões, trilhões!, de camadas do meu pensamento. Imagino-as formando um feixe, um infinito feixe frágil de argolas de jornal presas umas às outras para fazer as vezes de enfeites de São João quando não há as bandeirinhas em papel de seda azul, vermelho e dourado, um feixe impreciso de palavras frouxas que se desfazem ao primeiro vento. A primeira se despregando da segunda, a segunda da seguinte, num movimento quase florido. Pétalas se desgarrando da corola.

Outro dia olhei-me no espelho e vi outro rosto. Impossível tradução: vi-me e vi outra. Seria a descaracterização trazida pela velhice? Pois andava acostumada a essas rugas, que mal ou bem chegaram com boas maneiras. Até o momento em que uma, talvez uma apenas, instalou-se com menos cerimônia, determinou que as feições não pertenceriam mais a mim, mas ao tempo. Ou estarei no início do delicado processo de enlouquecer?

As rugas invisíveis.

Empurro para o lado as cobertas e ergo meu corpo como se erguesse uma prece.

Penso na menina e desejo voltar a dormir. Arrependo-me. Está tudo tão correto, o dia esbranquiçado, a água sem cor, a vidraça prendendo o vento do lado de fora. Ganhei um uísque escocês legítimo de Vítor e ontem fui dormir abraçada à garrafa, feliz, tão feliz. É fácil viver, não fossem esses detalhes. A pilha de cartas! A diferença entre quem coloca uma por cima sem derrubar a estrutura e quem, ao colocar, faz com que o prédio desmorone, virando um amontoado amorfo de papel no chão. Tanto tempo construindo e tudo vai pelos ares. A novidade é admitir que cada nova carta pode ser a derradeira, a que fará o castelo ruir. Há quem o saiba e ai de.

Visto um casaco para ir coar o café, tudo vai fazer sentido se pelo apartamento esvaziado subir macio o perfume de um café. Ninguém se levanta comigo nessa casa de cartas; é tarde, os vizinhos já devem ter se levantado. A manhã passada na ponte do sono, não compreendem a beleza das pausas. Têm de ir trabalhar, sentir-se úteis. Como se! No final das contas trabalhar é estar à toa, é fazer algo contínuo cujo fim está em si mesmo, é sustentar a casa, a barriga, inventar filhos para sustentá-los também, pagar os impostos, sentir-se muito útil porque foram pagos os impostos, sustentaram-se os filhos, uniram-se as duas pontas do dia, a azul e a negra, e o trabalho não viu nada, deixou o quadrado cinzento enforcado de vidros, desceu persianas, aumentou o ar-condicionado para que os alaranjados ficassem longe, cada vez mais distantes.

Chego à cozinha. Está tudo previsível. Sou lúcida. Acendo a luz do corredor, está frio. Vou ao banheiro, esqueci-me do banheiro, de lavar o rosto. Abaixo rápido a cabeça, não olhar, hoje não! Giro a torneira, ah, a felicidade da água. Quem abre as mãos em concha e recebe uma torrente pronta, a derrama na face, refresca-se, limpa-se e não se dá conta de que esse gesto − precisamente esse momento em que a substância líquida e fugidia toca a pele − é a própria essência da vida não passa inteiro por aqui.

Está tudo conforme; não acendi a luz do banheiro porque não quis encontrar de novo a estranha do espelho. Fui da pia à toalha, voltei à cozinha, agora me dedico ao ato de esquentar a água para o café. Coo o café, tomo o café, penso em Vítor que tão afável deu-me um presente ontem. Ele não sente pena de mim, deu-me a garrafa escocesa porque tem-me amizade, ou porque, no fundo, quem sabe? Disse: Trouxe essa garrafa no avião como se embalasse um filho. Para você, Lígia, completou. E me estendeu o embrulho, trouxe a bebida embrulhada num papel muito amassado, muito viajado desde uma destilaria gelada de Edimburgo, passou não sei quantos meses na Europa. O papel era vermelho xadrez, como os saiotes; perguntei a Vítor se tinha usado saiote enquanto estava em Edimburgo, sorriu, tem um sorriso de brisa, ele sorri como se ventasse, às vezes brando, às vezes um quase vento, sempre penso em vestir um agasalho quando ele sorri.

    Estou rodando há séculos a colher na caneca de louça mas só agora lembrei que ainda não pus o açúcar, e não há nada mais triste, nada mais inexprimivelmente triste do que um redemoinho de café assistir à dança oca da colher desaçucarada. Vou me levantar e pegar o açúcar porque não há ninguém para fazê-lo para mim, a empregada deve estar de férias, faz tempo que não a vejo por aqui. Vou me levantar, vou despejar os grãos de um branco perfeito, alegria também é olhar os grãos de açúcar, mas o flautista cego da esquina é feliz mesmo sem esse açúcar, e eu não compreendo, não compreendo. Vou sim adoçar meu café, é o primeiro café do dia e ontem fui dormir tão esvaziada, com o álcool da Escócia aprisionado no vidro durante horas, durante décadas para chegar e fazer estragos por aqui, agora mereço a mornidão do café escuro, tudo o que é escuro é generoso, o feijão, o manto do dia. As horas quando cessam. Vou fazer isso tudo porque não quero morrer, Deus me livre da morte, da depressão dos velhos, sou tão velha, mas ninguém sabe, ninguém sabe do espelho, ninguém me olha de perto, é preciso manter as aparências, tudo aparentando normalidade, não há preocupação, a cara longe no vidro, a maquiagem, os outros concordando, dizendo então tudo bem, nos dando bom-dia, tudo bom?, tudo bom, tudo tão bom. Então vou esticar a mão e ver se alcanço o armário, o pote rosado onde está o açúcar, mas a mão não alcança, mãos tão compridas, uns braços infinitos de tão longos, tudo tão grande e para quê? Vou precisar me levantar e dar graças a Deus por não ser paralítica, mas o sobrinho daquela moça ficou paraplégico depois de ser atropelado quando ia para o baile de Carnaval, disseram que a fantasia era branca, roxa e prateada, ele saltitava sobre sapatilhas de lustroso cetim no momento crucial, disseram lustroso cetim, arlequim crivado de vidrilhos que foram ficando vermelhos vermelhos vermelhos e depois brancos de novo, vou pegar o açúcar, mas o uísque está tão perto, só mais um golinho e depois procuro. Depois adoço.

4

Teresa e Lígia olhavam um álbum de fotografias.
Lígia virava as folhas com dedos eufóricos, e Teresa, em seu colo, observava em silêncio. Lígia descrevia em detalhes lugares desbotados, nomeava parentes de várias gerações e, quando apareciam imagens dela junto com a filha, Lígia interrompia as explicações para beijar as bochechas da criança ou passar as mãos em seus cabelos. Teresa não fazia perguntas, apenas olhava, segurando uma boneca. No dia seguinte haveria aula, a mãe deveria estar ajudando-a com os deveres, mas algo a prendia àquele álbum, cujas páginas pareciam multiplicar-se às centenas. Súbito o dedo pequeno de Teresa apontou para um retrato em preto e branco de Lígia muito jovem ao lado de um homem. Teresa perguntou sobre o estranho com o rosto moreno parecido com o dela ao lado do rosto sorridente de sua mãe: "Quem é?" Lígia não compreendeu por que a felicidade que deveria estar adormecida no cromo escapava do álbum e se espalhava pelas paredes em forma de névoa. Teresa insistiu na pergunta, Lígia explicou que o moço era um comerciante árabe que vendia tapetes mágicos, Teresa quis saber por que não tinham comprado um. Lígia sentiu as costas úmidas, avisou a Teresa: "Tem uma nuvem aqui dentro, vai chover em cima

de nós!" Teresa apertou a boneca entre os dedos e pediu à mãe que fechasse as janelas. Lígia respondeu que era preciso terminarem de ver as fotografias, Teresa replicou que havia pouco tempo, Lígia prosseguiu virando as páginas, só que de trás para frente. Teresa obedeceu e continuou com os olhos postos no álbum. De repente levantou-se com um estremecimento: "Onde estão os meus retratos?", murmurou. Lígia pôs o álbum nas mãos da filha e indicou o centro de uma página: "Olhe aqui." "Você está sozinha nessa foto, mãe." Lígia olhou de perto e viu que o retrato estava rasgado. Apenas seu próprio rosto aparecia. O de Teresa havia sido arrancado. "Quem fez isso?", Lígia apavorou-se, continuando a virar as páginas do álbum de trás para frente: "Pois se agora mesmo vimos tantas fotografias suas e minhas!" "Eu sumi", concluiu Teresa, afastando-se da mãe. Lígia começou a passar as páginas com mais velocidade, à procura de retratos dela com a filha. Não havia mais nenhum. Aqueles onde estaria Teresa exibiam apenas o rosto de Lígia numa metade, e a outra havia desaparecido. Lígia levantou-se para procurar as metades dos retratos onde deveria estar a filha; espiou debaixo do sofá e por entre prateleiras de livros, mas a sala estava coberta por uma bruma que dificultava a visão. Aos poucos os móveis foram ficando da mesma cor da fumaça e Lígia viu apenas o vulto de Teresa que, com uma boneca sem rosto nos braços, apontou o dedo para Lígia e anunciou: "Quem rasgou as minhas fotos foi você, mãe."

Lígia abriu os olhos.
— Teresa, é você?

5

— Você gosta de Lígia? – disse Amir de repente.

A esposa arregalou os olhos, mas não pôde responder, ou perguntar de volta, porque estava com a boca cheia de amendoins sem casca. Amir repetiu a pergunta explicando que quisera referir-se ao nome Lígia, se gostava, se por acaso não achava mais propício. A esposa, que andava sensível, ameaçou chorar: então ele não gostava do nome da sogra, era um nome ruim por acaso, pior do que os outros? E tão magoada sentiu-se com a possível substituição que não perguntou por que Lígia, ou o que era a palavra Lígia, se era uma pessoa ou apenas um nome, se pertencia a uma ex-namorada ou ex-amante. Remover o nome da mãe era afastá-la da vida dos dois; estava certo que precisavam de tempo para si, mas a presença da sogra no apartamento contíguo não atrapalharia em nada, pelo contrário, já ficara decidido que ela inclusive ajudaria na criação da menina.

— Não quis dizer isso, é que me veio.

Viera o nome à cabeça. Ele esperou que ela perguntasse por quê, mas a boca ocupou-se com uma fatia de pão que ela antes lambuzou em uma pasta esverdeada, talvez berinjela, talvez outra coisa. Amir ficou olhando a esposa comer, pensou em como ela era graciosinha, as feições miúdas apesar de estar gorda, pensou em tudo o que deveria estar sentindo, mas assombrou-se por estar na verdade, pela primeira vez naqueles anos todos, ocupando-se com a lembrança de Lígia.

Lígia era uma moça engraçada, fazia a gente rir sem contar piada, sabe como?, pensou, mas esperou para dizê-lo quando a esposa olhasse para ele. Tantos anos. A esposa continuou a comer, ele continuou a comer, tinham ido ali para isso, e ele sentiu um travamento que só experimentara quando jovem, a garganta fechando a passagem para a comida e só os pensamentos se peneirando; à época de Lígia desciam pensamentos vibrantes, um pouco brutais, o atordoamento e a dúvida, a família em guarda: "Nossa filha é tão prendada, cuide bem de nossa filha."

— Estou pensando no tempo em que assisti a algumas aulas de piano, quase aprendi a tocar — ele dissera assim mesmo, as preposições posicionadas, como numa partitura.

— Você gosta tanto assim de piano?

Ele ficou surpreso por não ter comentado. Antes. Mas também uma esposa que tinha nascido há tão pouco tempo. Criança carregando criança, riu para si, um pouco orgulhoso dos próprios cabelos grisalhos fazendo contraste com aquela cabeça, aquele corpo grávido, os hormônios moços, a exuberância. Havia muitas coisas em seu passado que ela não sabia, ele provocou. A esposa não apanhou a provocação no ar, ou antes apanhou-a e lançou-a longe, como uma concha comum que se atira de volta ao mar.

Amir, já acostumando a vista ao quadriculado do jogo imaginário de xadrez, que perdia sempre que se rendia à cena da mesa e do piano, repousou o olhar, por fim. À mesa havia a mulher que se sentava sozinha e que continuava com o prato vazio – mas o copo tingira-se de um roxo brilhante. Vinho tinto seco, provavelmente um *cabernet sauvignon* de no mínimo cinco anos. A mulher olhava adiante, como se não enxergasse. Ele recostou-se no espaldar da cadeira, esticou as pernas, tentou compreender a cor dos olhos da mulher sentada paralelamente ao piano coberto de preto. Reviu os olhos de Lígia, olhos grandes, que a distância pareciam esverdeados ou castanhos, mas que de perto transmutavam-se num azul-escuro. Tom raro de íris: azul-escuro com reflexos verdes e acastanhados. O matiz dos olhos da mulher à mesa próxima ao piano também era indefinido e, ao que parecia, não havia rastro de maquiagem nas circunvizinhanças de seus olhos, como nunca tinha havido pintura nos olhos antigos de Lígia. Amir lembrou-se daqueles olhos de três cores que o paralisavam, quando ele olhava para ela, do portão enferrujado que ele jamais conseguiu fechar como o pai dela pedia. Havia um cadeado – ia recordando –, porém nunca lhe davam a chave; largava-o então travado, mas sem passar a corrente que unia as duas folhas do portão. Que pensassem que estavam protegidos, não haveria problema, pois no dia seguinte tornariam a encontrar tudo do mesmo jeito: o portão, o jardim onde os dois às vezes perdiam horas regando duas plantas ou três, o grito da mãe mandando que Lígia entrasse, "Tão frio, tão tarde, tão inadequado esse menino".

– Meu amor, você gosta de se lembrar?

A esposa olhou para cima, fez com os lábios o gesto de que não sabia, ou nunca tinha pensado nisso. "De lembrar, como assim?", pareceu perguntar, e Amir fez que não se preocupasse, balançando a mão num movimento de varredura. Ela ainda insistiu um pouquinho, mas não havia de impressionar-se se a cabeça do marido, como um álbum antigo, exibisse de quando em quando retratos velhos, embolorados, acarunchados, numa espécie de procissão a que se assiste sem seguir. Ela passou a mão por sua barba também grisalha, com uma considerável quantidade de ternura, e voltou ao prato, escolhendo um pedaço de carne e acomodando-o na superfície do garfo junto com um punhado de farofa e outro um pouco menor de salada, caberiam todos, cabiam.

A mulher sozinha à mesa poderia ser Lígia, mas bem poderia não ser, e Amir escolheu acreditar que não era. O nariz delgado e os olhos divagadores, sempre distantes, tinham reaparecido em sua lembrança, ninguém garantiria que ela ainda os possuísse; os olhos mudavam muito com a idade, os seus, por exemplo, tinham adquirido uma camada que ele identificava no espelho como uma compreensão melhor da vida, mais sábia. Eram pretos, sim, e pretos continuavam, e não seria tarefa fácil enxergar camada sob camada em íris tão triviais, mas ele gostava de olhar, de olhar-se.

– Acho que é uma conhecida minha.

– Quem?

– Aquela moça ali – apontou, tomando cuidado para que a possível Lígia não percebesse; os gestos estavam um pouco amolecidos, nem sabia como dirigiria depois, havia se excedido na bebida, mas como eram saborosos aquele vinho, aquele restaurante azulado, o dia de sol, a mulher tenra, as carnes brancas, a criança de nome nobre.

– Não estou vendo.

Amir refletiu que a esposa não poderia ter visto a moça à qual se referira porque não havia moça na direção da diagonal para onde apontava seu dedo, havia apenas uma senhora, uma senhora sozinha que esperava alguém com uma taça tingida de roxo e um prato vazio em frente à cadeira por enquanto vazia, mas que dali a pouco sem dúvida abrigaria um corpo também envelhecido; Lígia não teria por companheiro um jovem, não seria condizente. A esposa contribuiu para o esclarecimento:

— Aquela senhora com a echarpe cor de pérola? Ah, sim, estou vendo, foi sua professora? Colega de classe no ensino médio ou no curso de admissão, era assim que se dizia naquele tempo, admissão?

Naquele tempo – ia começar Amir, mas um calafrio na boca do estômago o impediu de falar. Podia ser efeito das palavras que em si já continham uma melancolia chamuscada, como também podia ser efeito do vinho. Ou do som: alguém retirara o linóleo do piano sem que ele percebesse, o abrira, se sentara sobre o banco e tocara com os pés a superfície cor de cobre dos pedais, com uma sutileza de ladrão, e ao ouvir os primeiros acordes de um standard conhecido de jazz americano, Amir sentiu como se estivesse, súbito, afogado.

6

A menina entrou pela janela e me estendeu os braços, estendeu os braços tão trêmulos, devia estar com frio, choveu mais cedo. Abri os meus, mas sou preguiçosa, não me levantei e só os abri e deixei que ela me abraçasse, como pode a frialdade agasalhar? Não é compreensível, mas foi o que aconteceu, e se Vítor não tivesse interrompido, eu teria passado a manhã toda naquela quentura esquisita. Vítor me ofendeu, disse: Não tem ninguém aí, você está vendo coisas. Podia ver coisas, mas sentir uns brandos braços em volta dos ombros ninguém inventa sentir, ou estão lá ou não estão. Que raio de menina é essa?, ele acrescentou acendendo um charuto, e não me incomodou tanto o deserto da pergunta quanto incomodaram aqueles cacos de chama na ponta do objeto que considerei impróprio, abrupto, cheguei a dizer: Abrupto esse seu charuto, Vítor. Ele talvez tenha aberto o uísque nessa hora. Aceita?, perguntou, e se referia ao charuto, que recusei, acho que dizendo: Deus me livre de mais esse vício.

Você está vendo coisas, ele dissera. Mas se quase sinto seus braços agora mornos em volta do meu pescoço! Vítor, chamei, você já sentiu uma ternura tão perfeita que parece que vai explodir? Sinto ternura pela menina, por todos, não é maravilhoso, Vítor, sentir ternura quando na verdade. Isso, mais uma pedrinha aqui, gosto tanto com gelo. Depois fico com ele descansando na boca, sabia? A gente conversa um tempão e acho que você nem percebe, mas fico degustando o gelo com os vestígios do uísque feito um doce, uma bala de licor, lembra aquelas que às vezes pedíamos ao final de um jantar, quando saíamos todos juntos?

Vítor não respondeu, estava concentrado na música. Não tenho certeza se era ele ou eu que tinha o pensamento preso como um gancho nas notas do saxofone, aliás não tenho certeza se ouvíamos música, acho que ele murmurava alguma coisa baixinho e me mandava parar de fugir, eu não queria escutar, gostava de imaginar que ele só me dizia palavras licorosas. No tempo do Noivo, o açúcar das palavras era ainda mais suave mas se eu pensasse dois minutos seguidos que fossem nesse Noivo, começaria a dançar pela sala, sim, daria uma, duas, três piruetas e abriria os braços por detrás da mureta da sacada, gritaria para a noite: Noivo querido! Bastaria um minuto. Abriria os braços, o vestido, era capaz de atirar-me, não me atirar lá embaixo, que o Senhor me aparte desses desejos, mas se a noite estivesse de estrelas, era capaz, era capaz.

Você já teve vontade de voar?, perguntei a Vítor, que me olhou com um franzimento tão novo de olhos que desatei a rir: Você me faz rir tanto, Vítor querido, é tão bom! Ele foi dizendo uma coisa e mais outra, no entanto eu, em vez de escolher o fio que ligava sua boca às palavras que dizia, estiquei os braços e agarrei-me à corda que ligava o piano ao violoncelo, tão mais harmoniosa essa trama, e as palavras de Vítor eram de repente a mímica incompreensível tiquetaqueando através de seus lábios um pouco úmidos pelo uísque, apesar da fumaça;

a sala ia soterrando-se na névoa do charuto, mas eu seria salva pela música, tão mais bela essa trama, o piano, o violino, o contrabaixo, o tecido sutil, insondável, pairando acima de nossos retalhos inúteis. Vítor!, gritei, queria ser artista!

Ele ficou me olhando e repetindo, olhando e repetindo, mas eu não o escutava. Então cometeu o ato de violência, levantou-se inevitável, tendo antes largado o charuto que ficou indeciso na borda do cinzeiro como se brincasse de gangorra, galgou os tapetes, os degrauzinhos que separam o bar do resto da sala, foi até o aparelho de som e o emudeceu. Vil!, eu disse, chorando, ele sabia como eu gostava daquela música que agora não sei qual era. E repetiu, separando as sílabas como se eu não conhecesse aquelas palavras, como se meu idioma materno fosse outro que não aquele que ele me obrigava agora a ouvir e entender sílaba por sílaba e admitir que se as juntasse formariam uma unidade compacta como um compasso musical: E então? Já está quase na hora. Um compasso musical, porém, jamais seria capaz de emitir tanta aspereza.

Voltou ao sofá como se mudar de posição fosse fazer com que os fatos se trocassem por outros. Recomeçou a falar, mas fechei os olhos e revi a menina, seus braços trêmulos, que haviam de exalar um ligeiro perfume, ligeiro e não rascante como este: pedi a Vítor que desligasse o charuto. Ninguém desliga um charuto, lembro que ele riu, e ri também porque me lembrei das letras do seu nome no início da manhã, quando trouxeram ao aparelho celular a luminescência de um recomeço.

Não lhe contei nada sobre o espelho. Deixei-o falar, e era preciso, mas meu pensamento-carrossel tinha o espelho como ponto fixo, uma pirueta, duas, três, e o espelho ao fundo: Agarre-se ao ponto fixo para não enjoar! Quem dizia isso era meu pai, mas também podia ser o Noivo, porque namoramos tão cedo que era parecido com brincar de ir ao parque. Vítor, desejei dizer, sabia que um dia desses acordei e estava com outro rosto? Mas não disse. Se dissesse ele confessaria que notara a mesma coisa? Na superfície poderia tudo estar como sempre esteve, os olhos no lugar certo, as linhas em volta, as curvas secas dos lábios. Mas vi. Era meu próprio rosto e não era. Já aconteceu com você?, quis perguntar a Vítor e pus a mão na boca, ele dizia tão sério: E então, você está pronta?

Vítor, ousei: Você acha que estou diferente do que era? Ele afastou as costas do sofá, soltou uma baforada mais forte e segurou delicado em meus ombros, um deles quase descoberto, era um vestido largo. Ou camisola? Teve paciência, mas não me respondeu. Se não respondeu é porque não percebera. Só eu e o espelho sabíamos, era uma espécie de segredo, e desejei desinventá-lo como se me despisse de meu próprio avesso.

Lígia, o motorista de Cristiano vem buscar você às dezesseis horas, vá mudar de roupa, ordenou Vítor num murmúrio, passando a mão, de leve, pela pálpebra inferior do meu olho esquerdo, que devia estar borrado de rímel, eu que nunca soubera usar maquiagem agora cismava de passar, e para quê? Fiquei parada olhando para seus cabelos nem lisos nem ondulados, nem grisalhos nem negros, que iam pelos ombros.

Vítor, por favor, se apaixone por mim, sugeri em voz baixa, chorando e rindo ao mesmo tempo, tanto tumulto no oceano que se desfiava neste hemisfério. E as ondas do lado de lá, tão calmas. Lembro também que me serviu de mais uísque e perguntou de repente: Por que você continua fugindo? Fiquei olhando o copo flamante e decidi pensar que não estava fugindo de nada porque nada havia acontecido! Se me roubavam o rosto, então que me roubassem os fatos, como se não tivessem acontecido!

E talvez não tivessem mesmo, fui pensando, miseravelmente feliz, fui enlaçando-o, mudando os assuntos, num êxtase apanhei seu rosto quase o arranhando com as unhas, beijei-o e senti o gosto do uísque, do fumo, respirei com dificuldade, puxei a gola da sua camisa, mas o tecido era frouxo, as mãos escaparam, e quando ele despediu-se fui até o espelho do banheiro, para quebrá-lo.

7

Teresa brincava com um carretel de linha. Desenrolou a ponta e estendeu-a a Lígia, que levantou a mão para pegá-la. A linha escapou. Teresa ia andando de costas e afastando-se da mãe, que inclinava o corpo à frente para conseguir alcançar a ponta do carretel. Teresa continuava jogando a linha para que Lígia pudesse segurá-la e ambas pudessem continuar o caminho juntas, mas a linha era feita de um material que lembrava chumaços soltos de algodão, e Lígia esticou as mãos num desalento de quem sabia que não alcançaria nunca.

Lígia entreabriu os olhos.
– Teresa, é você?

8

Não sei por que me lembrei, outra vez, do Noivo. Por que não consigo proferir seu nome? Pois vou chamá-lo Saulo como o Saulo bíblico, que também teve dois nomes. Saulo, Saulo, por que me persegues? Quando ele vestiu meu dedo anular com a rodela um pouco fria de uma aliança de noivado, lembro que senti mais prazer do que quando me beijava, e pensei na ocasião que as sensações têm seus caprichos.

Não pensava muito em casar, mas também não pensava em carreira; meu avô dizia que eu não me preocupasse com estudos, que eram coisa para mulher sem pai. Mamãe me ensinava o crochê, o bordado, mas com tanta pena de meus dedos sofrerem com as agulhas que até hoje não sei mais que dois ou três pontos. Dedos tão fininhos, ela dizia, só via o lado bom das minhas coisas, nunca fez alusão ao fato de minhas mãos serem grandes demais, grandes os pés, magras demais as pernas. Tomei lições de piano, e meu pai animou-se com a perspectiva de o instrumento que pertencera a seu avô voltar a encher o casarão com música. Aprendi um Mozart junto aos exercícios primários e fiquei entusiasmada: Veja, papai, Mozart é tão fácil, fazem tempestade em copo d'água! Não sei se fui mais ingênua do que preguiçosa, porém quando virei a página da partitura e comecei a chorar, o professor Schneider cruzou os braços: Só falta dizer que não sabia da segunda parte!

E nunca mais. Prometi a papai que retomaria as lições depois que casasse, queria tanto ver-me vestida de rendas, tules, sedas, luvas brancas também rendadas, mais as rendas do que Saulo! Tinha dezoito anos e ele completara vinte, servia o Exército, passávamos horas sentados nas cadeiras da varanda conversando, eu gostava daquelas histórias de caserna, os exercícios, os sacrifícios, fazia propósitos: Também eu castigarei o corpo a fim de que a alma se depure! No entanto o sacrifício, o único, foi receber naquela noite dentro do armazém de um parente de Saulo seu corpo vigoroso pela primeira vez; tantas dores e eu esperando o prazer de olhos revirados das fitas que víamos no cinema.

Eu daria minha vida, daria minha vida em troca de um só gole daquele uísque que desperdicei há pouco, estava um tantinho trêmula, derrubei dois dedos no sofá, se existissem meios torceria o estofado, recuperaria o líquido, preciso tanto de boas bebidas, de qualidade, bons tratos. Uma vez Saulo trouxe para a varanda um garrafão de vinho dulcíssimo, achei que aquela sensação das palavras existindo antes dos pensamentos fosse durar para sempre. Quis tanto me casar com Saulo, acho até que não adiantou nada ter arrumado um casamento tão dispendioso depois, jamais faria o mesmo efeito.

Gosto muito de rever com os olhos da mente meu vestido de noiva – vovó me mandava estudar com este dizer: os olhos da mente. Quando mandava: Feche essa revista e abra as cartilhas, e eu respondia chorando: Quero ver os manequins! Ela então recomendava, fechando os olhos, como se eu fosse escutar melhor: Veja com os olhos da mente. Nunca entendi se era para eu continuar pensando nas minhas futilidades ou enfurnar os pensamentos proibidos numa gaveta cor-de-rosa que, depois de cumprir com minhas obrigações, eu poderia abrir. Ia dizendo, porém, que gosto tanto de rever meu vestido rendado, aquele que me fez contemplar o espelho com uma espécie de êxtase; é tão bom falar nisso que vou me servir de um pouquinho desse licor, será de anis? Não estou me viciando, dizem até que é muito saudável um certo trânsito de álcool pelo corpo, além do mais se eu não estiver assim flutuante a menina não vem me ver, e no momento estou precisando de visitas, Vítor não sei quando volta. Às dezesseis horas virão aqui me buscar, cansei de lhes dizer que não estarei em casa, que vou estar trabalhando, na hora eu mesma me esquecera de que nunca trabalhei no sentido estrito da palavra, mas eles disseram, tão frias essas vozes de hoje quando ficam de retornar ligações, enfim, eles disseram peremptórios que não havia escolha, mas, quando chegarem, irei para baixo do sofá, ninguém vai me encontrar e será tudo tão divertido.

Mas não quero falar em compromissos, nas obrigações rugosas. Além do mais, se eu for, terei de voltar, e quando voltar não sei quem estará nesta sala, posso tanto ir quanto não ir que a menina não se materializará nem sairá andando pela rua, não dirá: Vim fazer uma visitinha, tão morna esta palavra, visitinha.

Era tudo assim adocicado no dia do vestido. Uma nota complacente de jornal chegara a dizer: Noiva que poderia ter estado para rivalizar com a princesa tal e tal. De tão bonita, eu sei. De tão bonita. Mamãe trouxe um cabeleireiro francês para modelar meus cachos louros que iam pelo meio das costas, lembro até hoje o perfume raro do laquê com que borrifou as tranças e as deixou ainda mais brilhantes. Vovó conseguiu orquídeas alaranjadas para o buquê, e várias vizinhas vieram assistir ao ritual da minha maquiagem. Eu chegava a esquecer-me de Saulo, e, quando lembrava, um calafriozinho percorria a espinha e borrifava também em meu rosto alguma coisa nova, que podia ser uma lágrima ou gotas contidas de suor, uma espécie de promessa de sensações raras como os perfumes daquele dia.

E quando me lembrei, naquela tarde, de que Saulo estaria me esperando na igreja aonde todos iriam para nos ver dar as mãos, o beijo, quando me lembrava era como se descobrisse um saquinho de bombons dentro de um ovo de chocolate: além do vestido, além do buquê, além dos ruídos rosados daquela tarde, ainda haveria um homem esperando-me no altar. A lua de mel. Meu nome novo de casada, o sobrenome limpo e correto de um futuro coronel ou proprietário de estabelecimento comercial, filho de família de imigrantes sem grande prestígio, mas com tino para os negócios. Meu pai teria talvez preferido um primo médico que era o mais bem-sucedido da família, mas passear de mãos dadas com Saulo era acariciar uma rosa fresca, sentir-lhe o cheiro, vontade de mastigar as flores, sorver as camadas brancas de meu vestido, onde os bordados pareciam os confeitos de um bolo.

Estou tão feliz de noiva!, lembro que disse a mamãe, e engraçado que parece que foi a última coisa que lhe disse; no entanto sei por toda força que não foi, porque mamãe felizmente ainda esteve muitos anos conosco, mas aquela frase teve textura, sabor, maviosidade, e portanto as que vieram depois soaram insípidas, e às vezes tenho a impressão de que, se pudesse de novo entrar no vestido, a alma das palavras voltaria, como um atraso de primavera.

Oh, meu Deus, querido Deus, o telefone. Gosto tanto dos silêncios! Quero me levantar e tirar o som do aparelho, não é nenhum crime, estou em casa e não é minha culpa se até Vítor foi embora, se todos foram embora. Às dezesseis horas, sei, eu sei. Tenho implicância com essa secretária eletrônica, mas ela até que é mais adequada, mais contida, não passa de calças justas pela sala, não oferece cafezinho com um sorriso dúbio.

Quando o carro estacionou na calçada da igreja, descobri: não era possível ser tão feliz, alguma coisa teria de não funcionar na engrenagem das horas. Senti uma espécie de peso, uma onda negra solapando as pilastras, um motor desgarrado onde deveria estar o bater compassado do coração. Olhando esse dia assim por trás vejo que já sabia de tudo antes que acontecesse. Meu vestido tornava-se frio, as rendas, os vidrilhos, o véu me apertava a testa e tenho certeza como hei de morrer de que vi uma ou duas orquídeas do buquê inclinando-se para baixo, num fenecer precoce. Não sei como é possível, entretanto compreendi a notícia antes de ouvi-la; estava do lado de fora e me vi dentro da igreja, mas a noiva da igreja era outra, era esta que imagino até hoje, entrando de braço dado com papai, papai deixando-a, orgulhoso, ao lado de Saulo, que a estaria aguardando durante alguns minutos. Alguém falou e fechei os olhos, segurei mais forte o buquê, imaginei Saulo vindo, chegando muito moreno e muito cheio de histórias para contar à noite, em nossa lua de mel.

Alguém repetiu a notícia em meu ouvido, desta vez mais alto, e fechei os olhos, se os abrisse a onda mancharia de negro o meu vestido, e meu vestido não! Insisti que não era verdade: como assim não viria? Mas mamãe já soluçava abraçada a mim, pensei: assim amassa o vestido, mamãe, e daqui a pouco tenho de entrar. Tínhamos essa tradição de dar pequenos sustos, falar mentirinhas e depois desmenti-las, raciocinei: isso é mais uma troça da minha família, é claro que Saulo não fez isso, não teria mandado recado através de um empregado, um bilhete torto como aquele que saltava entre as mãos de mamãe, aquela nem era a letra de Saulo, a letra de Saulo eu conhecia de cartões com aroma de doces, gostava de me presentear desde o início, o belo Saulo, o trigueiro soldado Saulo, hoje estará aposentado e quem sabe nem terá seguido a carreira militar ou a de comerciante, ostentará filhos, netos, um automóvel ou dois, terá perdido a boa forma daqueles tempos. Sei que não devia pensar, mas penso porque apesar de tudo Saulo foi bom para mim, a culpa foi minha por não ter percebido, precisei do bilhete, dos gritos, da voz desconhecida sacudindo meu braço envolto em rendas, minhas mãos tão menores dentro das luvas: Recado para a senhorita. Mas não seria senhora? Pois se dali a minutos, pensei, eu ia virar uma esposa. O recado é do noivo, disseram. E mamãe começou a soluçar, soluçava tão alto, os passantes iam perceber, os convidados lá dentro da igreja pensariam que alguém tinha morrido!, eu dissera, e meu pai vociferou: Antes o salafrário tivesse morrido! Então compreendi que Saulo – ou José, ou Pedro, ou Adão, porque não consigo dizê-lo –, compreendi que o soldado do retrato antigo não me amava, porque jamais, jamais um sinônimo para meu noivo como aquele vocábulo – salafrário –, que continha a gelidez de um réptil, teria sido possível se tivesse havido amor.

9

Fiz o que tinha de fazer. Gosto dessa expressão, é decidida como um adágio, um provérbio oriental. Bíblico. Às dezesseis horas daquele dia vieram, intimaram-me, exigiram. À toa, pois não sabem que uma mulher sem rosto é por força uma mulher com vários. Comprei meu desejo, determinei: Preciso de tempo.

O que tinha de fazer. Por acaso faria outra coisa que não fosse o que fiz? Ou seja, não fiz. Não fiz porque nunca fiz nada, então está tudo coerente, papai dizia: Coerência, filha, é preciso coerência. O professor Schneider dizia diferente: Disciplina, filha, disciplina. Na dúvida, agradei a ambos porque não escolhi nenhuma das duas.

Está tão edulcorada a tarde; quero ler um pouco, um clássico. Isso mesmo, vou ler Dostoiévski, como no tempo de menina, ficar com o abajur aceso até tarde, mamãe virá a meu quarto, tão preocupada, coitadinha, trará o copo de leite morno, dirá: Descanse, filha, é preciso descansar!

Veja que maravilha é fazer estoque dos gêneros indispensáveis, falei assim com o chofer ontem ou anteontem: Moço, por favor me deixe no supermercado, preciso ver umas faltas, uns gêneros! E me guarneci de algum peixe, algum frango, e a garrafa, tão necessária quanto a água, visto que se esta não deixa o corpo perecer, aquela faz com que não pereça a alma. Belíssima palavra também esta, alma, e se Vítor estivesse aqui eu lhe perguntaria quando foi a primeira acepção no primeiro dicionário de *alma*. Poderia também olhar no computador, mas é tão chato isto de lançar mão da tela como se fosse uma boca, prefiro bocas de carne, que se umedecem às palavras frescas, secam-se nos hiatos.

Vou encher mais um dedinho essa taça e fazer um brinde como se a menina estivesse aqui; pensei que enlouquecera, mas se tivesse enlouquecido acharia que ela iria chegar, e sei que, ao menos agora, terá de ser um brinde solitário. Simbólico. Posso também brincar, aliás brindar como se Vítor estivesse aqui, e sei a diferença, porque quando Vítor chegar tocará a campainha, eu perceberei o som, a espessura do alarme, estremecerei um pouco de susto, sentirei sua colônia de barbear e, quando chegar mais perto, o cheiro da lã de seu suéter; terá sempre um suéter da Escócia que me fará pensar num músico-aprendiz muito raquítico e melancólico esvaziando os pulmões no alto de uma colina – sonora palavra, colina – para tocar sua gaita de foles no alto da verde dourada colina, os cabelos esvoaçando ao sudoeste, haverá de sempre haver um sudoeste soprando inclemente nos montes da Escócia, e apesar dos delicados pífaros, do ensaio de sol sobre a relva, ele estará triste, e é sua tristeza perfeita que faz com que eu compreenda.

Imagino a menina e chamo-a para o meu lado. Conto a ela do escocês tocador de flautas, ela não saberá o que é um pífaro, então terei calma. Muita calma com a juventude, que acha que tem de fazer tudo de uma vez só. Calma, querida, primeiro viver, depois...

Mais um golinho! Estou tão profundamente feliz. Vou rodopiar pela sala, como deve ser espinhosa a vida dos surdos, meu Deus, Beethoven o que passou, e ainda assim não desistia, Jesus, preserva meus ouvidos, a vista já vem faltando, mas os ouvidos! Vou aumentar o volume, gosto desse concerto como gosto da própria vida. Saulo perguntou, e agora o chamarei de Emanuel: Querida, você nunca bebeu? Fiquei vermelha (era das que ficavam vermelhas) e respondi que não. Para ele aquela vida boêmia de bares e mulheres era a realidade que para mim só existia nos livros. Homens ébrios, mulheres livres. Liberais. Você só faz estudar, ele disse, rindo um riso um pouquinho de nada arranhante, assim, como uma farpa. Mas uma pequena farpa, nada mais, daquelas que se tiram com facilidade quando se acha a ponta. Uma vez mamãe não achou a ponta de uma farpa que se entranhou na parte polpuda do meu polegar depois de um passeio da escola. Inflamou, o dedo ficou como um nariz de palhaço, aquela bolota só que sem o riso, e eu disse: Puxa vida, mamãe, o que faz uma farpa! Contudo eu disse a Emanuel, muito decidida: Não bebo, mas posso beber a partir de agora. Ele não me questionou, não propôs uma conversa sobre os gostos individuais ou o papel da mulher na sociedade – na escola fazíamos muito essas redações, o papel da mulher na sociedade, o papel da mulher na família de hoje –, e então pensei em sugerir: Emanuel, também podia ser que eu fosse interessante mesmo sem ser como essas moças dos bares que bebem junto com vocês e sabem até jogar, também podia ser. Mas seus pensamentos estavam estacionados, e ele apenas serviu meu copo. Lembro que à primeira vista o vinho me pareceu uma posta de sangue, e tive medo. Beber era profanar, pensei.

Agora esse copo e o líquido transparente, purificado. Vou bebendo devagar para ver se Vítor chega e traz o livro que prometeu depois de uma discussão muito frutífera que tivemos, acho que na semana passada, sobre um tema importante, tão atual, e eu mesma apresentei bons argumentos, lembro-me de uma frase que usei: Não, Vítor, é inadmissível apesar de corriqueiro!, só não lembro agora sobre o que falávamos, mas daqui a pouco ele chegará e empunharemos o livro, procederemos à discussão imensamente profícua acerca daquele tema, tão pertinente e necessário, meu Deus, qual era? Perdi o fio da meada junto com meu rosto quando acordei de manhã num dia que não me lembro, é preciso reconstituir o rosto e o ritual, acordar, lavar as mãos, recomeçar o dia, porém estou tão cansada. Estava feliz, mas acabou-se o movimento alegrinho, com os tímpanos, os trombones, os violinos trançando melodias como vovó trançava suas linhas para o crochê, agora toca esse Mozart tão triste, vou desligar, aliás não devo, Vítor já vai chegar e detesta quando interrompo a música, mesmo que seja para colocar uma mais apropriada. Direi: Vítor, não fiz o que tinha de fazer.

Quando meu rosto chegar, vou lhe perguntar se era mesmo aquilo que eu teria de fazer.

Mas agora não quero pensar em nada disso, isso é o final, e quero pensar em começos, como o começo desse meu casamento, sim, não tive apenas o casamento interrompido com o querido Emanuel, tive o Gato. Dessa vez já sabia beber e disse ao Gato, eu o chamava de Gato apesar de mamãe gostar tanto de seu nome, Cristiano, e eu lhe disse, depois de um pequeno cálice: Gato querido, se você não comparecer, te mando matar!

Ele riu muito, gostava de rir, e entrou todo de negro na igreja, colocou a aliança até o final, lembro que me senti casada quando a dorzinha apontou, eu lhe pedira: Gato, enrosque esse anel até o fundo, quero sentir o contato do ouro com a carne e principalmente os ossos. E eu era tão magrinha, carpo, metacarpo, não é isso?, os ossos pediram pausa: Mais fundo do que isso a aliança não chega, seria ferir sua pele! E Gato sorriu, ao pé do altar, segurou forte minha mão, naquele momento era como se dissesse: Estou aqui com você e estarei até o fim.

E saí feliz, casada, seria tão bom ser casada! Mas o que de fato mudaria? Lembro que pensei isso e fiquei um nadinha deprimida, mas chegando ao clube e vendo o bolo que papai mandou fazer, o bufê, os garçonzinhos para lá e para cá como dedos ágeis num exercício de piano, compreendi tudo, pensei, casar é prolongar esse momento, esticar as pontas até arrebentarem, e é o que eu, por mim, estaria fazendo até hoje.

Que raio de menina é essa, Vítor dissera. Não tem ninguém aí, você está vendo coisas.

Aquele rapaz, como se chamava? Um nome comprido. Russo. Matou a velhinha tão sem remorsos. E depois ficou contente por ter conseguido se esconder, não foi isso? Havia o rés do chão e o andar do crime, lá em cima, ele ficou no meio. Vou apanhar outro livro, um livro leve, qual era mesmo o que Vítor ia trazer? Não lembro, mas sei que corre o risco de ser muito teórico, nos livros teóricos as palavras não se dão as mãos, atropelam-se umas às outras, eu sei porque comecei o curso universitário, preferiria ter ficado em casa bordando, como mamãe, e tocando peças esparsas ao piano, esparsas, para não fazer pesar os dias. Mas foi meu pai, avançado, quem determinou: O estudo areja as esquinas do cérebro. Obedeci, mas por dentro discordava: Tudo tão abafado, papai, não passa um grãozinho de ar, às vezes. Deveria ter ido até o fim como é preciso ir até o fim com esse casamento, mesmo o Gato se afastando, se afastando, eu via o Gato e lembrava o escocês na montanha comprida, o casamento não é também uma espécie de montanha?, pensava. Colina não, porque as colinas são todas verdejantes, e o casamento–

10

E portanto o casamento.

Depois que Emanuel, *aquele que há de vir*, me deixou sozinha no redemoinho do vestido, com véu, luvas, rendas e tules sendo engolidos por um bilhete, jurei a mim mesma que nunca mais iria me prestar a isso. Mas veio o Gato, e Gato gostava de promessas, me tranquilizou: Não tenha medo, se o problema é entrar sozinha e achar que não me verá, entraremos juntos. Seremos os primeiros noivos a quebrar o protocolo! Não quebramos, mamãe se aborreceu com a tentativa de inovação, avisou: Cristiano já está lá, dê o braço a seu pai e pare de chorar.

Eu era uma filha obediente. Uma noiva. Obediente. E subi os degraus do altar como se palmilhasse a superfície preservada das pedras quase afogadas no magma dos infernos, haveria um, dois segundos antes do sufocamento. Vou desmaiar, pensei, vendo o Gato e enxergando no lugar dele o Noivo, mas o Noivo não viria, e era apenas impressão ou as flores do novo buquê também amareleciam ainda virginais?

Depois de Emanuel, aquele itinerário virou uma espécie de trilha escarpada, e talvez devesse ter me casado não apenas uma, mas muitas vezes, para que o percurso fosse cumprido, mas chego a pensar que nem mil casamentos bastariam para cravar no crânio a imagem do noivo à espera, fincado no chão que, por causa de Emanuel, é sempre e para sempre movediço.

Percurso cumprido. O Gato não escorregou do altar, entretanto, um ano depois... Ah, seria tão bom se Vítor chegasse agora, agora. Então começaria a conversa sobre política, não era política o que discutíamos? Convenço-me de que Vítor é a única pessoa que me oferece uma amizade sincera, apesar de tudo, mas quando resolve começar com as perguntas... Quero as conversinhas leves, Vítor querido, eu peço, eu ofereço licores. Ele se exaspera e enceta temas complexos, exige minha posição, eu não tomo partido, lhe explico: Sou apenas uma libélula, rastreio o lago sem me molhar, no máximo umas gotinhas, Vítor adorado, umas gotinhas!

É uma lástima que ele não apareça por aquela porta, ou que ao menos faça soar a campainha. Se a campainha soasse, ainda que fosse o zelador, o síndico, a vizinha com dores no peito que acha que vai morrer de infarto fulminante a qualquer momento, mas que na verdade sofre de gases. Qualquer um deles, mas nenhum. Só nós aqui, o papel, esse copo, estou nutrindo ódio por esse copo.

Um ano apenas depois do altar movediço. O Gato havia se mantido de pé em meio aos magmas borbulhantes de minha vertigem e o anel me cingia a carne do dedo, mas o altar abstrato do nosso amor belíssimo sofreria seu primeiro abalo. Um ano depois.

Gato!, eu tinha chamado, feliz. Era o dia de meu aniversário, o Gato tinha se esquecido, mas cheguei mais cedo da praia para lembrá-lo: É hoje a festa, Gato, entrei gritando, risonha como uma rosa, das visitadas por beija-flores, beijada todos os dias, estimulada, com a frescura do orvalho e do beijo nas pétalas. Mas não encontrei o Gato na sala do apartamento, nosso primeiro apartamento na rua florida, devia ser a única rua florida de Copacabana; sabia que ele não estaria àquela hora no trabalho, então chamei por Heraldina, como era trabalhadeira e silenciosa a moça que contratamos naquele primeiro ano de casados, a jovem Heraldina, a que gostava de pães.

Antigamente eu abria a massa e assava pães deliciosos, receita da minha avó que mamãe fizera questão de legar. Filha única minha sem saber fazer pão é quase como filha nenhuma! Eu tomava muito a sério essas considerações, e entrei no ramo do casamento com as mãos limpas e as unhas cuidadas, no entanto abria exceção em dia de abrir massa. E essa Heraldina – por onde andará? – era gulosa sobretudo com meus pães, comia, repetia, chegava a estalar os lábios de feliz, e eu, que confundia a casca das coisas, acabei achando que essa secretária me nutrisse amizade como eu lhe nutria com o pão. Eram massas douradas, salpicadas com canela, açúcar de confeiteiro, às vezes cremes, nozes, castanhas, passas, avelãs, Heraldina entrou em êxtase quando conheceu a avelã, disse: Mas a senhora onde encontrou tamanha fruta? Perguntou assim mesmo, tamanha fruta, porque me lembro, me lembro infelizmente de tudo.

Chamei: Heraldina, querida, onde você está?, venha você também, hoje faço vinte e cinco anos, venha ver o meu vestido! Ouvi a voz frouxa que costumava ser firme, parecia um gemido abafado, vinha do quarto, não sou tão idiota e pensei: puxa vida, será que Heraldina se aproveitou e trouxe homem aqui para o quarto, mas não levei a mal porque pensei: ela é filha de Deus, e não é pecado nenhum a pessoa se sentir tentada a usufruir melhor de um quarto com suíte e colchas e lençóis aveludados que só vê em dia de faxina. Perdoei Heraldina e entrei disposta a conhecer o rapaz, o mancebo, pensei nessa palavra porque andava lendo livros antigos, lembro que dei um empurrãozinho alegremente ousado na porta, na porta do meu quarto, o quarto que tinha suíte, aliás este aqui também tem, suíte e agora banheira de hidromassagem, nem tudo é pior com o tempo; de Copacabana passamos a Ipanema, de Ipanema a este aqui no Leblon, mas onde estão as flores, a rua florida? Empurrei a porta e de fato Heraldina estava lá, nua em pelo, e a primeira coisa que pensei lembro que foi: Meu Deus, como sem roupa Heraldina está gorda, culpa minha, preciso diminuir o pão, parar de assar em casa, estou engordando a moça e quando olhei o rapaz, o rapaz era o Gato, era meu marido Cristiano, tinha este nome bonito, Cristiano José, estava tão entregue, belo em seu semblante contraído, de gozo e de culpa, esbelto e dourado, flamante, e lembro que pensei que quando me amava não ficava luminoso assim. Sei que esse dia entrou como uma farpa inteira porque nunca mais, nunca mais nenhuma vez sequer eu consegui abrir uma massa dourada de pão de novo.

11

— Quer mais um pedaço, querido?

Amir fez que sim com a cabeça, mas pôs a mão na altura do diafragma; estava sentindo um esboço de dor. O garçom chegou e fincou o espeto com a carne na borda da mesa, serviu-o de duas fatias, ele fez que bastava com a mão. Quando chegasse em casa tomaria um antiácido. Olhou para o piano com a boca cheia, comentou com a esposa sobre como era agradável aquela canção, a esposa concordou, mas disse que não conhecia. Ele sentiu vontade de perguntar a Lígia, "como se chama mesmo essa música?". Esse standard, ela corrigiria, compenetrada talvez nas pontas das unhas que estariam lustrosas e limpas, cruzaria as pernas, lhe pediria histórias sobre sua infância. "Odeio o passado, Lígia!", ele suplicava, com a voz baixa e sussurrante. Tinha cuidado ao discordar dela, ao negar-lhe as vontades. Lígia dava um sorriso — como era aquele sorriso? — e levantava-se da cadeirinha de ferro pintada de branco, contornava o jardim e ia até a rede, sentava-se em seu colo. O jardim costumava estar frio àquelas horas da tarde, ela logo começava a tremer. "Preciso voltar para o sol", gemia, risonha. Mas ainda se demorava o quanto podia, a cabeça repousada em seu peito, o corpo abandonando-se sobre o dele.

— Você já pensou em comprarmos uma rede?

— Rede?

A esposa estranhou, o apartamento estava todo montado; não condizia. E Amir arrependeu-se de ter perguntado; não queria justamente ir embora daquele apartamento? Acrescentar mais uma marca na casa que ele precisaria deixar, mais cedo ou mais tarde, parecia uma prova de frieza.

Quanto a Lígia, ela o teria acusado de frio e insensível? Teria chorado? Nunca mais a vira ou mandara saber dela.

— Para que você quer uma rede?

Amir sorriu e passou os dedos pelos cabelos dela; um aroma fresco de camomila desprendeu-se. A criança teria aqueles cabelos fininhos? A probabilidade era vir parecida com ele; tinha o sangue forte, os três filhos do primeiro casamento eram todos variantes suas, pareciam crianças sem mãe. A primeira mulher tinha sido belíssima na juventude, e ele se lembrava de repetir-lhe que sonhava ter uma filha que puxasse os olhos dela, a boca, os cabelos, mas a verdade é que, quando nasceu o primeiro varão e veio bruto e escuro como o pai, esse pai ficou mais satisfeito do que teria ficado se a criança tivesse obedecido àquele suposto desejo de que tivesse tons discretos. Mesmo quando chegou a menina, Larissa, ele lá no fundo não se importou que aquela pele, que deveria ser leitosa e cintilante, tivesse vindo outra vez pigmentada e que os cabelos da mãe não lhe houvessem emprestado sequer um matiz; sentia-se multiplicado naqueles reduzidos seres, contava ver-se repetido conforme crescessem e tomassem corpo, definissem a voz, os modos, as profissões, e mais tarde produzissem outros dele mesmo, perpetuando o sangue do qual os antepassados também tinham tanto orgulho.

Lembrou-se da filha, porém, e sentiu mais forte o incômodo na barriga.

– Acho que vou parar por aqui.

A esposa compreendeu e lhe aconselhou a pedir um refrigerante, talvez fosse o vinho que não estava combinando. Vieram o refrigerante e a sobremesa, a esposa quis sorvete.

– Ela é que está com fome – justificou, piscando o olho e apontando o ventre imenso.

Com toda aquela comida, Amir pensou, era de se duvidar que houvesse espaço para uma criança lá dentro; e arrependeu-se por pensá-lo, a esposa já havia desconfiado de que ele não a amava mais. "Você não sente mais nada por mim, não é isso?", lhe perguntara um dia. Ele chegara tarde, a namorada havia feito um jantar à luz de velas, era seu aniversário, dera-lhe pratos finos, um bom vinho e sobremesa, já que não podia lhe dar presentes, ou a esposa iria perguntar a origem. Mas ela não perguntara nada, só pedira a confirmação do que já sabia. Ele negou, ela o abraçou, deu-lhe um par de sapatos, uma camisa e um perfume, e naquela noite fizeram a filha, que dali a vinte anos, se ele ainda estivesse vivo, o censuraria por ter feito o que fez.

– Vamos embora.

– Espera um pouco, quero escutar essa valsa – ela pediu, recostando-se à cadeira e esticando as pernas por baixo da mesa. Amir concordou, corrigindo, em pensamento, valsa por samba-canção: o pianista tocava um belíssimo arranjo da jobiniana "Lígia", que até ele, agora distante do mundo dos repertórios musicais, conhecia, ou conhecera um dia. Quem o apresentara à canção fora a própria Lígia, que se divertira quando ele, encantado, lhe perguntara como se chamava aquela obra-prima que os dois ouviam na vitrola da sala de estar. "Você gostou?", ela sorria, arregalando todas as cores dos olhos. "Pois essa música tem o meu nome."

Amir evitava olhar para o piano; entre sua mesa e o piano estava o passado, e ele não estava mais suportando. Deixaria a esposa como havia deixado Lígia, sorte Lígia não ter estado grávida, mas esta agora resolvera fazer-se prenhe, aproveitava para comer sem desculpas, para deixar de trabalhar, de se exercitar, de arrumar o cabelo e de cuidar da pele. Sentiu-se enfarado e percebeu com um susto que não desejava nem a namorada, a professora de ginástica, teve certeza de que ela também daria um jeito de arrancar um filho dele, seriam não quatro, mas cinco que ele precisaria alimentar e vestir, e lembrou-se do carro do filho, do consultório do outro, da faculdade da filha, do berço apinhado de penduricalhos plásticos desta que vinha pelo caminho, teve vontade de empurrar a mesa até virá-la no chão.

— Está se sentindo bem, Amir?

— E por que não estaria?

Percebeu que apertava a toalha com as mãos, afrouxou-as. Deu um sorriso artificial como os sorrisos artificiais que vinha treinando ao longo dos anos, eram tantos sorrisos quanto filhos, então sorriu e apontou para um bebê abrutalhado que dormia de boca aberta num carrinho, tinha cabelos ralos e a cara empelotada, comentou com a esposa, "que gracinha", ela sorriu feliz, todas as mulheres se enterneciam com bebês, os próprios e os alheios, principalmente os próprios, mas os alheios lembravam os próprios e elas pensavam nos rebentos que trariam ao mundo e que encheriam de leite e mimos, aquele no carrinho era particularmente desprovido de atributos estéticos, não se sabia se macho ou fêmea, mas elas enterneciam-se, não deviam enxergar os narizes sem forma e a língua de fora, com certeza esculpiam o filho imaginado, sempre perfeito e original, ninguém como meu filho, a primeira esposa era assim, "Veja o que Rafael disse hoje!", "Olhe o desenho da Larissa!", "Amir Júnior ganhou dez na escola!".

– Veja que delícia – a esposa falou depois de já ter colocado uma colherada de sorvete de abacaxi em sua boca, ele estava distraído e não a abriu direito, o doce escorreu pelo queixo, ela limpou com um guardanapo, maternal. Devia achar que ele também se parecia com um bebê, o que dali a pouco seria verdade, ele estaria um velho, ia babar, repetir as coisas, borrar-se. A professora de ginástica cuidaria de um decrépito?

– Mais um pouquinho, come.

Larissa descobrira tudo; a namorada trabalhava na academia de musculação onde pai e filha faziam exercícios. Larissa e a professora de ginástica saíram um dia para um chope, sem que a amante tomasse providências, ou sondasse o terreno. Acabara falando demais, e devia mesmo ser muito distraída, pois era para ter percebido a coincidência de sobrenomes, notado a semelhança da aluna com o namorado, Larissa estava cada vez mais parecida com o pai.

– Espero que essa menina venha parecida com você. Queria que tivesse os seus olhos.

– Não diz isso, Amir, seus olhos são lindos.

– Meus olhos são pretos.

Lembrou-se de Lígia e olhou para o lado. Ela olhava para ele. Sentiu o estômago contrair-se, baixou os olhos, pediu à esposa que gritasse pelo garçom, pedisse qualquer coisa, sim, um sorvete. Lígia iria cumprimentá-lo? E por que ele não sustentou o olhar, o que custava? Não seria capaz de dar nada àquela mulher de quem tirara tudo?

Voltou de novo os olhos, mas ela já olhava adiante, o queixo descansando sobre as mãos. A cadeira em frente continuava vazia; Lígia sempre fora paciente. Esperaria a tarde inteira? Dali a pouco iriam embora, mas ele queria esperar, assistir à chegada do companheiro de Lígia, havia de ser um companheiro, um homem bom, ela não podia estar sozinha depois de todo aquele tempo.

O pianista anunciou um intervalo e palmas soaram pelo restaurante. Lígia também aplaudia, com a cabeça voltada para o senhor de bastos cabelos grisalhos, pareciam se conhecer. Mas era óbvio: a cadeira vazia em frente à de Lígia pertencia ao pianista, ela que sempre fora íntima do instrumento, nada mais natural. Sentiu-se aliviado, bateu palmas com mais força. O homem inclinou-se até Lígia, deu-lhe um beijo nas faces, abraçou-a. E, atravessando o salão, desapareceu, indo talvez sentar-se noutra mesa vazia.

12

— O que é isso na sua camisa?

Ela tinha perguntado com os olhos franzidos, a testa; o clássico torcer de boca das esposas que desconfiavam dos maridos. Lígia não era dessas. A que categoria pertencia? Quarenta anos depois e nada. Nem uma carta; naquele tempo havia cartas, carteiros, a inevitável confusão entre remetente e destinatário, ele mesmo preenchera errado o envelope uma vez, os colegas riram dele na escola, era bilhete para menina. Agora eram e-mails para a professora de ginástica na academia cheia de luzes e música. As malhas que usava tinham as cores da moda, as batidas altas expelidas pelas caixas de som eram de grupos também da moda, ele não sabia os nomes, ela lhe dizia. Não conseguia guardar nem um, mal saberia repeti-los, a professora de ginástica falava tão rápido. Tudo em inglês, mas às vezes parecia uma junção com castelhano, devia ser o sotaque: "Fale mais devagar, meu amor." Também chamava a esposa de meu amor.

— O que foi, meu amor?

— Esse vermelho aí, Amir. É mancha de batom?

— Como batom? Só se for seu — protestou.

A esposa então mudara de assunto, tinha começado a falar do quarto do bebê, "Olha o enxoval do bebê", e havia também a fralda do bebê, o enxoval da fralda, o chá do enxoval, usava-se chá, o que na verdade era uma ocasião em que se servia de tudo menos chá, para que as colegas do hospital, as amigas de infância, irmãs e cunhadas lhe trouxessem fraldas e falassem de seus próprios bebês, ainda que esses bebês já não fossem mais bebês, que estivessem marmanjos – de qualquer forma haveria sempre assunto, no meio de fraldas de todos os tamanhos e tipos. "Mas para que tanta fralda, querida? Eu podia providenciar para você", ele, ignorante, oferecera. Não compreendia que o importante era o ritual, ela lhe explicou sobre os jogos, até jogos havia, adivinhações, "Agora vejamos o que há no próximo embrulho!", era praxe dizerem, e ele protestara: "Mas, querida, se todos os embrulhos contêm apenas fraldas, não há surpresa, não é possível haver surpresa." A surpresa nós é que fazemos, ela pareceu dizer no silêncio incômodo, ele não sabia das mudanças deste século em que agora vivíamos? Faziam-se fraldas descartáveis e semidescartáveis, com gravuras foscas ou luminescentes, passíveis de se fechar com fita colante e portadoras de velcro próprio, com estampas de super-heróis, magos, cachorros, corujas.

– O que é isso na sua camisa, querido?

Era a segunda vez que lhe perguntava, ele baixou os olhos até a manga que ela apontava, estava suja de sangue.

– Dá nisso comer carne malpassada – acrescentou, fazendo sinal para o garçom e lhe pedindo que trouxesse um pouco de água fervente.

Não, não desejavam chá, mas Amir acabou considerando uma boa ideia que pedissem um chá, um chá de ervas, quais sabores havia? Maçã com canela, erva-doce, camomila e frutas silvestres, que viessem as frutas silvestres, sabor preferido de

Lígia, era um modo de homenageá-la, ela que estava tão próxima, ali perto do piano. Depois das conversas no jardim ela o chamava para dentro, a mãe sempre tinha uma bandeja com a chaleira fumegante. Moravam naquela ladeira frígida de Petrópolis; na única noite que passou ali acordou no meio da madrugada procurando neve pelo jardim.

– Não gosto de frio. Você gosta?
– Queria morar em São Paulo, você sabe disso.

Ligeiro mau humor, ele percebeu. Vieram os chás, a esposa pedira de hortelã, justo o que estava em falta. O garçom negara levemente, mas ela o fizera ver que era impossível não haver hortelã num restaurante generoso em custos como aquele, e o garçom retificou a recusa, desculpou-se, disse que ia buscar as folhas e lhe trouxe um sachê cujo aroma Amir identificou como um meio-termo entre louro e casca de laranja. A esposa, não versada em chás, achou a hortelã especialmente tenra.

Frutas silvestres com *darjeeling*, uma espécie apreciada pelos ingleses e amarga como o diabo que a mãe de Lígia, ou a tia, ou uma parenta de ambas adquirira numa das viagens a Londres. Eram dados a ir à Europa; ele lhe dizia que sonhava acordado visitar a terra de Walt Disney, assistia aos desenhos animados, mas ela lhe aguçava o gosto, explicava quão sábio era o Velho Mundo, que iriam juntos um dia a Paris, a Florença, ele por acaso já tinha visto uma gravura de Florença? Pois então. Acabou criando resistência ao assunto, associava os desejos de Lígia ao discurso pedante do pai dela, ao modo distante e recatado da mãe, chegara a ouvir, uma vez, uma tia sussurrar à mãe de Lígia: "Mas esse rapaz...", numa inflexão gelada, e a mãe, se servindo do chá, havia ficado quieta, ninguém ali o defendia.

Exceto por Lígia, que parecia acolhê-lo sem restrições. Não importava que a família preferisse o primo médico, que achasse ele próprio inadequado, ignorante, débil. Uma vez ouvira essa palavra entre a sala e o jardim, quando Lígia tinha ido saltitante pegar alguma coisa na cozinha, ouvira desta vez do pai dela, "débil no falar", e seu ouvir acusara debilmente ser aquela observação uma crítica ao vocabulário parco. "Lígia é fluente em francês!", a avó costumava repetir, à hora do café da tarde, em que ele se juntava à família aos sábados. Já eram noivos e a barreira fortificava-se com os tijolos sutis. "Você, meu filho, já terminou o científico?", dizia-se científico e até ele, que não fora muito além, sabia perfeitamente que não era necessário fazer científico algum para ser bem-sucedido. "Amir está na carreira militar, que é mais nobre do que a academia", Lígia dizia e levantava-se de seu lugar à mesa, ia até o noivo e enlaçava-lhe o tórax, deitava a cabeça em seu ombro; às vezes ele sentia que os olhos dela estavam úmidos.

Uma vez lhe dissera, lembrou com força que lhe dissera: "Lígia, como você pode me querer para seu marido, eu sendo assim, o oposto do que sua família sonha para você?" Ela o abraçara e ele se lembraria sempre daquele abraço porque foi no meio do jardim que alardeava um jasmineiro em flor e essas flores desprendiam um escandaloso e obsceno perfume, e também porque Lígia estava com um vestido leve, florido e cavado e com um maiô por baixo, e talvez porque – sim, na verdade este era o motivo principal: lembrava-se e não podia esquecê-lo –, porque nessa noite ele decidiu deixá-la. Ela dissera: "Amir, te amo, você me ama, não precisamos de mais nada."

O garçom! Precisavam chamar o garçom, o garçom, onde estava? "Não há garçons disponíveis nesta espelunca?" E a esposa, que ouvia tudo com ouvidos duplos, implorou por silêncio, perguntou em voz baixa se ele estava se sentindo bem, suspeitou pela primeira vez de alguma doença senil. Amir tranquilizou-a, só queria pedir uma água.

– Uma garrafa de água mineral por obséquio, com gás, sim, com gás.

Havia água de mina? Se houvesse, que trouxessem água de mina, ele tinha lido no jornal que as águas engarrafadas andavam contaminadas, talvez não escapasse mesmo nenhuma, um cliente da loja contraíra amebíase bebendo água mineral, decidiu cancelar a água, pediu palitos.

E nessa hora olhou de novo para a mesa de Lígia, com uma certeza oca de que ela não estaria mais ali, ou de que na verdade aquela mulher de cabelos que pareciam perfumosos e com a echarpe nem totalmente clara nem muito escura à volta do pescoço não seria Lígia, ou que se fosse seria outra Lígia, outra pessoa com esse nome, mas nunca a Lígia de antigamente, pois que a Lígia de antigamente ele não teria condições de reconhecer; eram anos, eram muitos, ela haveria quiçá morrido, quem sabe até da pior maneira, que Deus a livrasse, mas não seria nem a primeira nem a última a cometer suicídio por amor. Olhou e bebericou da água, que acabou vindo, sem gás e quente, e levou um susto porque naquele exato momento Lígia também bebeu sua água, com os mesmos olhos que não esperavam nem desesperavam, e os dedos longos antecipando na toalha limpa o ritmo da música que ainda não recomeçara.

13

Não é que eu vá me matar. Ninguém está dizendo isso. Só vou puxar esse cobertor, este aqui, muito bem, apago a luz? Sim, não vá ter medo agora, minha querida, não é caso de tratar esse interruptor como a derradeira tampa. E ainda que fosse. Que horas são? E isso lhe interessa, por acaso? Para quem fez propósito de dormir e depois dormir de novo, quem se perguntou quanto tempo o ser humano aguenta sem comer para ver se em uma semana ou no máximo quinze dias tudo estaria arranjado, você até que está bem curiosa. As horas! Pronto, apaguei, puxei, ajeitei, encolhi.

Muito bem. Assim. Quem sabe também acontece um milagre, acorda-se, renova-se.

O sono não chega, o que fazer comigo assim inteira, o quê?

Mas também é motivo para isso?

Aquela moça, quem era? Escrevia poemas. Outro dia lembraram seus poemas na televisão, mas lembraram melhor o fato de ter se atirado do sétimo andar. Pergunto quem era, mas eu mesma sabia tão bem: *Não quero mais a fúria da verdade. Entro na sapataria popular. Chove por detrás*, eu recitava nas festas dos amigos do Gato, aquelas reuniões que não acabavam nunca; os homens bebiam e jogavam pôquer, as mulheres trocavam receitas ou falavam de filhos, e eu, vazia de filhos e com os pães abortados, repetia de cor alguns poemas que me eram caros, para a distração das mulheres mais tolerantes e para a irritação da maioria. *Fica boazinha, dor; sábia como deve ser, não tão generosa, não.* Sempre achei bonita esta palavra, generosa, lembrava-me de uma tia que vivia me dando presentes. O sol da palavra era o sol do dia. Depois, *pagar na caixa, receber na frente*, nesse ponto eu, já no quarto ou quinto cálice de vinho, fazia uma espécie de reverência, recitava rindo – por que os versos de que me lembro agora são os que à época não interpretava? Impenetráveis, mas íntimos, de uma intimidade que amadureceu com os anos, envelheceu comigo, como se a idade das palavras também anoitecesse. Se o direito do poema me fazia feliz, agora seu avesso me esmaga. *Minha dor. Me dá a mão. Vem por aqui, longe deles. Escuta, querida, escuta. A marcha desta noite.*

Em que será que pensou antes do salto derradeiro? Terá se consolado com um último pensamento mágico: Não vai doer nada, me dá a mão, daqui a pouco alguém abrirá o paraquedas, óbvio que não haverá paraquedas, mas o cérebro se engana com tão pouco. Fiz lembrar agora meu pai, ele dizia, comovido, enquanto olhava mamãe sempre bem-arrumada nas roupas mais simples: Sua mãe se contenta com tão pouco. Hoje na manicure falei em meu pai, foi quando alguém mencionou doce de goiaba: Meu pai gostava de doce de goiaba, gostava era pouco, cometia loucuras por doce de goiaba, viajava de trem para conseguir goiabada cascão quando não ofereciam na mercearia, porque morávamos em uma rua onde havia mercearia, alfaiataria, confeitaria, viajava quilômetros, sim, duas, três cidades, atravessava tudo para conseguir o tal doce. Nossa, mas quilômetros!, a manicure ergueu os olhos, talvez genuinamente curiosa. Era quase tudo mentira, mas a única coisa que os velhos podem oferecer são histórias e, como não as vivi, preciso inventá-las. De qualquer forma, fez-me bem lembrar meu pai assim com uma coisa prosaica como o doce. De mais a mais, lembrar é um exercício, quando se vai chegando à minha idade aumentam os riscos de lapsos de memória, e de resfriado, tuberculose, osteoporose. O interior do cérebro será que permanece bem com a memória gelatinosa? Meu Deus, ignoro de qual substância é feito o cérebro, mas que corpo é esse no avesso da minha compreensão? Falam de alma, impalpável alma, inatingível alma, mas e o próprio corpo, que quando abre a guarda revela um milimetrozinho de sangue escorrido, uma rodela de carne viva e olhe lá? Por isso é que abrem os mortos: rasga, aperta, corta, cavouca. Tudo sem restrição. Para abrir os vivos ainda tem protocolo, mas duvido que não abrissem se fosse possível, devassassem, às favas com a dor, o negócio é ciência, a ciência! Não teve aquela bateria de experiências na época do nazismo, hein? Lembro que li, antigamente lia tanto. Até o cérebro, meu Deus, pegavam talvez faca ou lâmina e – justamente agora que estou lúcida, não quero pensar, mas penso, não tinha também a tortura pelo frio? Enfiavam as pessoas nos tanques de água gelada em pleno inverno glacial. Quando o corpo ia dar o último suspiro, salvavam, aqueciam, para fazer tudo de novo. Assim sucessivamente até ver quanto o ser humano aguenta. Porque eram judeus e com judeu podia. Joga no tanque. E jogavam.

Mas vou parar de pensar em morte e nas coisas talvez piores do que a morte. A vida é belíssima, só estou no corpo errado. Na alma. Seria tudo diferente, aliás tudo é de fato diferente, basta olhar pela janela. Ali no prédio de frente a moça tem dois ou três filhos, nunca sei porque são parecidos, e a vista já não está para isso. A cada hora passa um pela vidraça. Estão ali, é só me levantar e ver; faria isto se não estivesse tão ocupada com essas cobertas. Para eles é uma maravilha, vão estudar, jogar nos aparelhos eletrônicos, depois alguém, mãe ou empregada, chama para o almoço, o lanche, luminosos esses delicados instantes de mesa dourando-se de pães, a manteiga se entregando às faquinhas, as xícaras, como se entranha em mim aquele ruído que fazia a xícara pousando no pires. Se pensar nisso vou chorar e detesto chorar deitada, me ataca a bronquite, ou a asma, já esqueci qual das duas o doutor diagnosticou.

Doutora Antônia me disse, faz tanto tempo isso, que quanto mais nos trabalhamos — gostava imenso deste termo, trabalhar-se, repetia meia dúzia de vezes por sessão —, tanto mais lembramos. E me perguntava: Qual é sua recordação mais antiga?

Na época eu ficava empolgada: Vou mudar de vida, já me via com carreira, largando Cristiano, trocando de marido, de cidade, as esposas dos amigos de Cristiano que também tinham analista passavam por drásticas mudanças, uma delas chegou a largar o marido para desposar o psiquiatra. Desposar é vocábulo traiçoeiro, como desbotar não quer dizer tirar as botas. Vai ver os verbos relacionados a casamento são todos ambíguos, no caso de a pessoa desistir já usa o mesmo palavreado para o divórcio, aliás já devia vir a papelada de um anexada à do outro. Eu disse: Antônia, minha filha, não tenho recordação nenhuma, estou aqui para me livrar das velharias, você quer me empurrar lá para o fundo? Não, por gentileza, mude o método, um mais levinho, qual deles é menos rígido com a questão do tempo, será Lacan?, minhas amigas falam tanto em Lacan. Mas mude sim, eu pedia, que Freud em cima de deprimido é martelada, ah, quem me dera um cafezinho!

Isso do café eu não disse à Antônia, estou dizendo agora, quem diria, olha o instinto básico me resgatando, quero um café. Quem pode morrer infrutífera quando das entranhas sobe a memória telúrica do gosto de um café com açúcar mascavo? Levanto-me e faço? Se tivesse uísque em casa não estaria assim tão desperta. O acordar é perigoso, é tudo tão harmonioso quando se está embaixo das cobertas. Viver é perigoso, quem dizia isso, aliás, se repetia com essa frase? Acho que era alguém que eu escutava muito, talvez mamãe? Tão bom se Noivo chegasse: Querida, não faltei, apenas me atrasei, quem não se atrasa nessa vida? Depois dele não chegou ninguém. Vou eleger este o verbo mais dourado da língua, chegar, ao menos posso repeti-lo, chegar, chegou, está chegando, é a morte? Não, é o sono, bendito sono, ainda não será desta vez.

14

Hoje acordei pensando em pães, se fizer o pão estou salva.

Fecho de novo os olhos e nos olhos fechados as mãos são vivas e têm cheiro de farinha. Abro a massa. Se o regador do pensamento jorrar nesse rascunho de vontade, nesta folha verde de seiva, se a regar e a puser na materialidade fria de minha cozinha, estarei pronta. Aliás salva. Porque aqui onde estou neste exato lugar dos olhos sem olhos vejo-me esticando a massa amanteigada com o rolo de madeira estriado de tempo. Da sala sobe um violino, o disco está ligado, Vítor talvez venha com o uísque, mas lhe direi: Hoje não. Estarei transformando na cozinha agora morna manteiga, leite, ovos, farinha, essência de baunilha, canela e cravo em alimento. Se transformo, me transformo. Agora sim.

Levanto-me. Olho o relógio ao lado da cama, mas tão tarde? Também pode ser a miopia, os números são aqueles palitinhos negros, tão fácil confundir o zero com o oito, o sete com o um. Como não é possível já ser meio-dia, empurro os cobertores e recorto, reformo esse rabicho de hora, é cedo, é madrugada! Quando era moça, hoje dizemos adolescente, não gosto, parece o som de um papel de bala se desembrulhando, papel cor de prata, adolescente, pronto, abre-se a bala, um quadradinho doce e brilhante com o papel arregaçado, não sei, soa um pouco indecente adolescente, prefiro dizer moça, quando era moça era moça, não adolesci, apenas deixei de ser, mas ia dizer que fiz o curso universitário, perdão, ato falho, o universitário eu talvez quisesse ter feito inteiro, apenas iniciei, o curso que fiz, esse curso que fazíamos antes de casar, foi o magistério, acordava cedo e gostava da sensação de ver meu pai e eu, só os dois, muito dinâmicos e muito ativos na cozinha de xícaras, pão de sal e rádio de pilha. Papai ouvia o primeiro noticiário do dia, mas baixinho, para não acordar mamãe. Ela nunca dormia, se levantava atrás dele, atrás de nós, coava o café que eu quase chegava a fazer, mas ela chegava na frente: Não se preocupe, querida, você tem de chegar a tempo! Chegava a tempo e cumpria os ritos; cadernos, lápis apontados, o perfume das folhas em branco, a voz da mestra, dizíamos mestra ou eu digo que dizíamos.

Mas eu estava fazendo o pão. O pão está no limbo e daqui a pouco vai dar o mergulho, um, dois, já! Tenho os olhos fechados de novo porque estou lavando o espelho, aliás lavando o rosto de frente para o espelho e ainda não devo. Se olhar já terei retornado à folha de vidro? Acordei com o rosto indecifrável, se fizer o pão, se chegar a assá-lo, se servir de alimento... Então voltarei ao lavatório, a folha estará me esperando como uma tela vazia que pintarei, e direi: Sou eu! Voltei, meu Deus, me voltaram, chamarei os vizinhos, tenho vizinhos que não conheço. O moço que varre o pequeno saguão quando cansa das palavras cruzadas, o chofer do táxi que tomei ontem, os vizinhos do prédio feliz: mãe, empregada e crianças que trarão seus jogos eletrônicos, sim, podem restituir a contemporaneidade à pré-história de meus tapetes, mas com cuidado. Chamarei todas as crianças, todos se alimentarão aos compassos alegres de um Mozart desagressivo, chamarei a todos e quando menos esperar a campainha tocará e ela estará aqui.

A menina.

Virá também, dirá: Que cheiro bom!

Se posso escrever o pão, posso sonhar a menina que quiser.

Os pensamentos se interrompem com o ruído do telefone. Vou lá, arrasto os chinelos, nunca pensei que um dia esta corrente de palavras se aplicasse a mim, como um trem oxidado, encarquilhante, e foi arrastando os chinelos, mas aplicou-se, levantei o aparelho que parou de tocar num susto, ouvi meu alô rouco, para mim é ainda madrugada, era engano.

Espero que Vítor venha, mas não há sons na campainha, não há variações no visor do aparelho celular. Só há silêncio, e é preciso assar esse pão, dourá-lo, retirá-lo do forno do pensamento, assá-lo durante o tempo exato, porque se passar um minuto – o tempo culinário é meticuloso –, se passar um minuto que seja, perde-se o dourado do sol. Eu disse sol?

Volto ao banheiro para me enxugar melhor, saí correndo para atender ninguém, estou com o queixo pingando. Não quero pensar coisas tristes, vou girar pela casa, mas que coisa triste é o velho que derruba tudo quando passa, olha o vaso fraturado aí no chão, gostava tanto dessa orquídea, agacho-me e salvo a orquídea, se abaixar mais dois centímetros esfolo uma costela, entre a costela e a orquídea queria as duas, queria essa flor inteira como antes, rodopiante, uma casa rodopiante de flores, pães que douram nos fornos, crianças girando, Teresa brincando de roda.

15

Teresa entrou pela janela.

Lígia levou um susto quando ela chegou, com um embrulho de presente nas mãos. "Esse presente é para mim, Teresa?", quis saber, tocando com os dedos no rosto afogueado. Teresa sorria. Lígia acariciou seus cabelos e repetiu a pergunta. A menina não podia responder, não havia tempo para falatórios – que a mãe lhe obedecesse; Teresa estendia-lhe uma das mãos, equilibrando o presente com a outra. Convidava a mãe para um passeio, peremptória. Aonde iriam? Lígia não sabia e nem era para saber: a menina lhe faria uma surpresa.

Lígia foi seguindo Teresa por uma espécie de trilha que corria em paralelo com a cidade. Aos poucos os prédios e veículos foram cedendo espaço a uma paisagem campestre, e surgiu no horizonte um pequeno bosque. Lígia propôs à filha que passeassem por ele e colhessem algumas flores, mas Teresa explicou, sem precisar usar palavras, que não teriam tempo para colher flores, nem folhas, nem frutas, e continuou puxando Lígia pela mão. "Largue esse embrulho aí", aconselhou Lígia, com pena de a filha carregar peso. "Ou deixe que eu levo para você", lembrou-se de oferecer. Mas a menina não o soltou. Foi abrindo caminho pelo bosque, cuja vegetação tornava-se cada vez mais densa. Os passos de Lígia eram pesados, difíceis, mas Teresa parecia flutuar, borboleta esvoaçante. Os cabelos castanhos adejavam sobre as pétalas das flores úmidas de orvalho. Lígia passou o dedo numa das pétalas, provou uma gota de orvalho e percebeu que tinha um gosto salgado. "Estamos perto do mar, Teresa?", adivinhou, franzindo os olhos e interrompendo a caminhada. Teresa soltou sua mão e fez uma expressão contrariada: a mãe tinha estragado a surpresa. "Mas a surpresa é entrar na água?", desanimou Lígia, "Não estou com vontade de nadar, Teresa. Vamos embora."

O sol estava se pondo e logo a tarde esfriaria; estavam no outono. Lígia não gostava de outono, outono era a penúltima estação, e ela preferia os inícios. Pediu a Teresa para que voltassem ali na primavera, mas Teresa não respondeu, ou não escutou. Era preciso ir adiante, e Lígia foi seguindo a filha, de olhos fechados. Quando os abriu, já estavam dentro da água. "Está morna!", concedeu, procurando sob as ondas turvas a mão de Teresa. Acima uns riscos rosados entremeavam-se às nuvens, que interrompiam o azul ingênuo do céu. Lígia sentiu vontade de apagar os tons rosados e brancos, como um pintor que, com uma única pincelada, redefinisse uma paisagem inteira. Quis sugar a brancura acinzentada, imaginou-se sorvendo o horizonte, que tinha um gosto parecido com algodão-doce, quis oferecer a Teresa, mas Teresa, nesse exato instante, estendia à mãe um canudo comprido, que saía de sua boca. "Teresa, o que você está fazendo, minha filha?", impacientou-se. Aquilo não eram horas para brincadeiras. Tinham que voltar para casa, Teresa tinha deveres de várias matérias, trabalhos escolares, recortes, colagens, pesquisas. Mas queria ficar só brincando. E na água, ainda por cima. Onde estaria o embrulho? Lígia lembrou-se e ficou preocupada: Teresa havia de tê-lo derrubado, já estaria sepultado entre fósseis de peixes e cacos de conchas. Lígia olhou para os lados para procurá-lo, mas não o encontrou. Teresa também tinha sumido: estaria brincando sob alguma onda? Chamou por ela, que reapareceu rindo, com o canudo numa das mãos e o embrulho na outra. Boiava sobre a espuma, e com o canudo soprava bolhas de sabão. Lígia ordenou que fossem embora dali, mas Teresa em vez disso entregou a outra ponta do canudo à mãe, que, sem querer, deixou-o cair. Teresa começou a perder o ar, as maçãs do rosto foram ficando pálidas. Lígia desesperou-se, pediu-lhe perdão, mergulhou para tentar encontrar o canudo e o embrulho, mas o embrulho ainda estava nas mãos de Teresa, que, mesmo pálida e ofegante, decidiu abri-lo. Lígia não queria, mas cedeu à curiosidade. "O que tem aí dentro, minha filha?", perguntou, arrependendo-se em seguida. Teresa desfez o laço, jogou fora o papel de presente e a fita, e tirou um tecido negro de dentro de uma caixa. Lígia compreendeu que não haveria tempo: sua filha, sua própria filha estava se afogando e ela, a mãe que deveria remi-la, perdia tempo com assomos de curiosidade. Viu que dependia apenas dela a salvação e foi nadando em direção à filha, mas Teresa afastava-se em busca dos riscos azuis, rosados e alaranjados do céu. Quase sem ar, encontrou, porém, um pouco de fôlego para dizer: "Veja, mãe, que bonito." E apanhou o presente, o tecido negro que estivera na caixa, um pano vaporoso e seco, embora no meio do oceano. Colocou-o sobre o rosto, cobrindo-o. "Teresa, arranque isso daí!", implorou a mãe, exausta das braçadas inúteis e do nado agônico, com os lábios ressecados de sal, os olhos ardendo. "Sou uma beduína", sussurrou Teresa, fazendo um último gracejo antes de ser tragada por uma onda que, diferente das outras, aproximava-se gelada. Lígia precipitou-se na massa aquosa, que foi crescendo e virando um redemoinho. Mãe e filha giravam na mesma direção, mas Lígia não podia alcançar Teresa. O redemoinho diminuiu de velocidade, até voltar a ser superfície. Lígia aproximou-se de Teresa e ergueu os dedos para tocar seu rosto, coberto ainda com o véu, que, ambivalente, de negro tornara-se inteiramente branco. Fechou os olhos e tocou-o. Quando a pele roçou o tecido, Lígia compreendeu que aquele era seu véu de noiva. Sentiu seu cheiro, apalpou-lhe a textura, contemplou a trama com os olhos ardidos de sal e de tempo. Lembrou-se do Noivo e aspirou os perfumes guardados pelos anos naquele presente que acabara sendo para si mesma. Porém inspirava e expirava com tanta força que seu sopro acabou levando a filha para longe. Lígia quis gritar seu nome, mas a voz era mais um fóssil submarino. Viu com horror que Teresa desprendia-se da água e era sugada agora por uma bolha de sabão, que tinha se soltado de uma nuvem próxima e a apanhado no ar. Quis ver seu rosto, ainda coberto. Quando a nuvem engoliu Teresa por inteiro, o véu soltou-se e bateu com fúria no rosto de Lígia. Estava úmido e rubro.

Lígia abriu os olhos, que não ardiam, mas também não viam mais.

— Teresa, é você?

16

Amir apanhou o celular no bolso da camisa, sentiu alívio porque seria oportuna aquela interrupção, olhou o garçom de esguelha e imaginou um pouco confuso que ele pudesse o estar censurando pelo ruído estridente, afinal não havia, ou ao menos ele não escutara até então, nenhum toque de telefone destoando como aquele destoava dos temas jazzísticos que vinham do piano atrás de Lígia. Lígia deveria estar lhe criticando em silêncio a falta de bons modos, afinal, num ambiente com música ao vivo, qualquer um saberia que se fazia mister manter os aparelhos eletrônicos desligados; naquele estabelecimento não se alimentava a carne com a carne apenas, o espírito também se nutria, e era precisamente por esse motivo que haviam pagado, ou pagariam ao final do espetáculo, pelos serviços do músico, havia de ser um músico de renome, aliás seu rosto não era estranho, poderia ser um pianista conhecido em todo o estado, ou até em âmbito nacional, sentiu vergonha, sentiu até uma ponta de pânico, aquele homem de cabelos pelos ombros, que ele vira ou deveria ter visto em apresentações internacionais gravadas e transmitidas pela televisão, era alguém conhecido, reconhecido, estranho apenas para ele, que era um ignorante, um parvo, um grossalhão escondido atrás do dinheiro; os avós de Lígia haviam criticado uma família que na ocasião eles acusavam de *nouveaux riches*, "endinheirados de educação claudicante", fora então que ele ouvira o verbo pela primeira vez, aliás adjetivo, mas fora o verbo que encontrara, em casa, suado e sôfrego no pequenino e resumido dicionário sujo de graxa numa prateleira da garagem, *claudicar, verbo da primeira conjugação*, que significa – esquecera o significado.

– Atende logo, Amir.
– Alô.

A voz dele procurou com certo estrépito compensar o embaraço de ter demorado a desvencilhar-se das capas e rituais de abertura do telefone, e ele desviou os olhos dos olhos repreensivos da esposa; afinal, quem ela pensava que era para apressá-lo num gesto privado como aquele de atender um telefonema no próprio aparelho? Pois desviou-os e atendeu com firmeza, quase aspereza, o número não aparecera, o visor acusara chamada restrita, obviamente era a amante, não deixaria de atendê-la, a esposa que se pusesse em seu lugar devido, ele era enfim um homem de negócios, de responsabilidades, não precisava em absoluto justificar seus atos e aliás se alguém estava por acaso agindo de má-fé em toda aquela situação era a esposa e não ele, a esposa sim, visto que havia sido ela e não ele que contraíra uma criança no ventre sabendo muito bem, ou no mínimo tendo a condição de perceber, que ele já não se sentia à vontade naquele castigo, dissera castigo? Naquele casamento.

– Alô? – repetira, porque do outro lado parecia haver um ruído de qualquer outra coisa que não voz humana; secador de cabelos, motor de automóvel, ou uma britadeira. A voz cujo número telefônico não a identificara revelou-se uma ótima voz. Um pouco rouca, lembrou-lhe a Lígia dos tempos iniciais, que tinha voz rouca, uma voz que talvez não conservasse a rouquidão sedutora, se hoje fosse concedida a ele uma oportunidade de ouvi-la.

– Alô, Amir. É Larissa.

Por um instante ele sorriu por dentro, sorrira uma espécie de sorriso que não se registrava na parte externa do rosto, esse fora um sorrir dentro das paredes sanguíneas, dos tecidos, do âmago das células; sentira-se feliz, mais que feliz, viril, e o sentira porque a pessoa do outro lado do telefone não era a amante, era outra mulher, talvez uma jovem da academia de ginástica cuja instrutora era sua namorada, uma jovem que se tornaria amante, que já o seria em potencial, no entanto, dentro do mesmo instante de comoção viril, como se ao lado de uma explosão celular saudável outra célula implodisse e atrofiasse o curso normal das coisas, ele percebeu que o entusiasmo otimista não era um erro simples, mas um erro de proporções inquietantes, já que ele se esquecera – por um instante ínfimo em termos temporais, mas se esquecera – de que Larissa era sua filha.

– Não gosto quando você me chama de Amir.

– Boa-tarde, pai, então.

Estaria tendo aqueles lapsos de memória que acompanhara no próprio pai, que duraram anos antes de um outro lapso, este cardíaco, o levar? Se fosse verdade esse inglório raciocínio, o fim estaria próximo. Recostou-se na cadeira, evitou o suspiro que desejaria que viesse longo. O que a garota queria desta vez?

– O senhor está na churrascaria? Vai ficar aí até a noite?

"Não, esta noite tenho encontro com sua professora de ginástica", respondeu para dentro, temendo por um segundo que, com os lapsos senis, acabasse dizendo-o em voz alta.

— Esta noite trabalho até tarde.

— Hoje é domingo, pai, desde quando o senhor trabalha domingo à noite? Por acaso está trabalhando agora?

— Agora estou no horário de almoço. Você está precisando de alguma coisa, Larissa? – disse, firmando as letras do nome para que não desmoronassem na memória.

— Que sacanagem, pai, você acha que a gente só te procura pra pedir.

— Retire o que disse, Larissa, ninguém em nossa família jamais proferiu uma palavra chula.

— A tia Samira xinga em árabe.

— É diferente.

— Não quero pedir nada, Amir, só ia convidar você para um chope. Eu te encontro aí mesmo, você me espera chegar, pode ser?

Soava como uma armadilha. Iria com certeza encurralá-lo para falar da nova amante, iria procurar destituí-lo da ideia de trair a esposa grávida, diria que a professora de ginástica era quase tão jovem quanto ela própria, diminuiria a idade de ambas, o acusaria de praticar pedofilia, ao final da noite estaria bêbada, era fraca como ele para álcool, proferiria vocábulos de mais baixo calão ainda, por fim quando estivessem os dois no carro de volta à casa dela, choraria em seu ombro como uma criança, repetiria que tudo era por conta de não ser amada, não ter sido nunca amada, que ele preferia a filha que ainda nem tinha chegado a ela, que a única coisa que desejava era ter a afeição do pai.

— Hoje infelizmente não é possível, filha, bem que eu gostaria, seria ótimo tomar um sorvete com você — ele disse, olhando para a esposa, que estava com o queixo lambuzado de baunilha. Fez-lhe sinal com o guardanapo, ela balançou a mão num gesto de enfado, que o queixo ficasse sujo, não importava, o que interessava era ele livrar-se logo daquele telefonema, dos compromissos que não dissessem respeito aos dois, aos três, contando-se a criança não nascida, e aliás tinha até apreciado o fato de ele ter mentido para Larissa, aquela filha de maus modos e que fazia visitas inesperadas, a fim de ficar ali mais tempo com ela.

— Não é sorvete, pai, eu disse chope, já fiz dezoito anos há uma eternidade, lembra? Lembra disso, pai?

— Claro, claro, Larissa, vamos tomar o chope, mas sem abusar, outro dia quando vi você na academia, não disse, mas te achei gordinha, será que não seria melhor...

— Gordinha, pai? Como você tem coragem de dizer isso?

— Eu não quis dizer...

— Ótimo, quis dizer baleia. Porque essa é a verdade, não estou gorda, estou obesa, e não precisa ficar nervoso, eu não ligo que me digam, estou só brincando, adoro poder comer o que gosto, ao contrário da sua namorada, que precisa manter a forma para poder trabalhar.

— Larissa, eu ligo depois, um bom dia para você, preciso desligar agora.

— O que foi, pai? A generala está aí do seu lado? Deve estar com um humor de túmulo, agora que está para ganhar, hein, pai?

— Para você também, filha, fique com Deus.

— Espera, pai.

— Gostei que você disse a ela que não podia sair hoje, Amir, e é supernormal um empresário ter o que fazer domingo à noite, contas, cálculos, será que ela não entende isso?

Ele estava colocando o telefone, agora desligado, no bolso, e no caminho que a cabeça fez da lateral até o eixo sobre o pescoço, pensou em como dizer à esposa que o que dissera a Larissa não havia sido mentira, que ele de fato não poderia ver a filha porque teria um compromisso e, se não conseguisse elaborar uma história sensata e convincente, teria que dar uma desculpa para a amante, que era a mais exigente delas e poderia dispensá-lo sem maiores rodeios, pois era uma mulher bonita e na academia ele por vezes já vira um ou dois alunos lhe lançando olhares.

— Na verdade falei isso para a Larissa porque não estou me sentindo bem para um chope.

— Também acho, hoje não é dia disso.

— Mas vou precisar mesmo dar um pulo no escritório.

— Eu vou com você.

— Não, não precisa, é coisa um pouco demorada, você iria se cansar.

Dissera que havia uma eternidade que fizera dezoito anos, a filha. Teria falado desse modo numa tentativa sutil de acusá-lo de velho? Tão gorda, a sua menina. Como havia de estar a mãe, a primeira mulher? De todas a mais paciente. Só não ultrapassava Lígia, a noiva antiga, essa Lígia próxima que continuava a tomar o vinho solitária na mesa que não se preenchia nunca, dali a pouco talvez o piano cessasse novamente, ela cumprimentaria o músico outra vez, trocariam palavras que não significariam absolutamente nada, ele só estaria sendo gentil, encontrando um modo de fazer com que a senhora de meia-idade não se sentisse abandonada no restaurante cheio de mesas ocupadas, desocupado só o lugar em frente a ela, sentiu pena de Lígia, sentiu medo de ela reconhecê-lo, ela ainda não havia virado uma segunda vez para aquele canto, mantinha-se ereta, ou curva, mas com os olhos sempre numa direção que não era a direção trivial em que os dele, por exemplo, se moviam.

– Hoje é dia vinte e três, não é isso?

Amir olhou para a esposa antecipando o motivo da pergunta. Ia lhe pedir que lhe comprasse um presente, agora era assim, estava grávida, quase todos os dias mereciam comemoração, dia da mulher, da mãe, da grávida, do feto.

– Deixe-me ver no telefone, sim, dia vinte e três de setembro.

– Ai, que vergonha, Amir! – ela pôs a mão sobre a boca, para rir-se. Ele a interrogou com os olhos, os ombros, e como ela continuasse rindo, foi obrigado a dar voz à pergunta:

– Que vergonha o quê?

– É aniversário daquela sua filha, ela te ligou para isso. Devia estar te sondando para ver se ia com você a uma loja de shopping, ganhava um presente.

Ele sentiu de novo o suor embaçar a vista, emporcalhar a camisa. Pegou o telefone, pôs os óculos, procurou o número, a menina o havia bloqueado só Deus saberia por quê, correu o dedo pela agenda virtual, não havia o contato da filha, da própria filha, encontrou nomes de homens de negócios desconhecidos, quem era Lauro Ferdinando Lobão? Chamou a esposa.

— Você tem aí o número da Larissa? — perguntou, estendendo a garrafa vazia de água a um garçom que passava com pratos sujos.

— Mas não apareceu aí?

— Ela bloqueou.

— Deve ter bloqueado só para testar você.

— Pois não passei no teste. Ache aí para mim.

Ela apanhou o próprio celular sem aparente dificuldade, apesar da bolsa sufocada de atulhos. Amir sabia que na agenda da esposa haveria os algarismos que não existiam na do próprio pai, e olhou naquele exato instante para a mesa onde estava Lígia porque sabia — e jamais saberia por quê — sabia que ela também estaria olhando para ele.

17

Lembrei-me agora de um sonho recente que tive com Saulo-Emanuel. Não são raras as incursões que ele faz a meu inconsciente em seus momentos mais vulneráveis e o provoca com o moreno de seu rosto imutável, das mãos irrequietas, que ao final de todas essas breves visitas acenam com o quepe esverdeado uma despedida. Neste de ontem, ou anteontem, porém, o jovem cabo tinha desaparecido e em seu lugar havia um velho que, de alguma maneira que me escapa talvez pelo excesso de uísque ingerido antes do cochilo de modo a deixar o produto onírico mais fragmentado do que de costume, sinalizou-me ser Emanuel-Saulo. Metamorfoseado como seu próprio nome, mal o reconheci. O alvacento da barba, dos cabelos, tudo manchado dessa tinta pontual da velhice, fiquei mais triste com a dele do que com a minha. Estava de pé sobre um canteiro de rosas, olhou-me com sobressalto, depois curiosidade, depois compaixão. Queria contar isso tudo a Vítor, quando chegasse, mas Vítor.

Ah, estou me lembrando de uma cantiga tão triste, por que a memória não usa seus filtros? Sobre o pensamento, quem a cantava? Talvez tia Felícia, tinha nome de felicidade e cantava a musiquinha que falava nela, *felicidade foi-se embora*, mas tinham o formato de duas lágrimas que não escorriam nunca, aqueles seus olhos. Na canção havia o verso sobre o pensamento, não me vem a letra toda, queria lembrar porque quero espantar o pensamento sobre Vítor, lembro esta expressão, *à toa*, e agora estalo os dedos, a ideia de Vítor é isto, uma coisa à toa que se desvanecerá com a noite.

Senhor, proteja-me das noites. Por que constroem salas desproporcionais como esta, apartamentos gigantescos, para quê? Precisavam ser mais sensíveis também os arquitetos, saber que o fim é sempre o mesmo, uma televisão zumbindo, uma vidraça, o sofá e esse corpo que nos envolve cada vez mais pesado, como um abraço sufocado de bicho, urso ou serpente que nos cinge, mas para subtrair-nos o ar.

Levantei um minuto para apanhar o copo, mas já estou de volta, peguei também um lápis mais bem apontado; gozado que já nem sei quando escrevo de fato ou quando apenas penso, minha letra anda tão trêmula. Escrevi "copo" e ia dizer "de água" mas para este confessionário, aliás caderno, não se mente, e o que fui buscar, na cozinha escura que não acendi porque estava com medo, foi a garrafa de uísque. A última que Vítor me deu. Trouxe na semana passada, ou já haverá um mês? Engraçado que quando saíamos todos juntos, ele com seus suéteres escoceses e a pele barbeada, com cheiro de benjoim ou malva, eu não sabia. Ele tinha prazer em estar comigo, embora sempre aparecesse acompanhado – uma namorada, duas ou três amigas, algum artista de boina seu conhecido de Paris, um parceiro musical. Íamos juntos a teatros, galerias, bistrôs, eu e Gato, Vítor e a moça ou moço da ocasião, e eu procurava puxar assuntos sobre música para atraí-lo, intentava torná-lo meu amante um dia, precisava provocar ciúmes em Cristiano!

Vítor às vezes se empolgava com alguma pergunta que eu fazia sobre uma ária de ópera ou o suicídio de algum pianista ou harpista que parecia tão feliz, mas era quando Cristiano falava – ainda que duas palavras apenas – que Vítor de fato iluminava-se como se tocado pelo verão. Ria de todas as piadas do meu marido, principalmente daquelas que ele não contava inteiras, das que sugeria, com seu sorriso que vivia pela metade, sorriso que seduzia antes de ser sorrido, talvez alguma namorada de Vítor tenha chegado a se apaixonar por Cristiano, talvez todas. Mas eu continuava puxando os assuntos musicais com Vítor, o pianista que eu apresentara ao Gato, que conhecera num concerto a que fora sozinha uma vez, num chá de senhoras. Quando vi que olhou mais demorado para mim ao dar o autógrafo, fantasiei: não é só o Gato que seduz, eu também posso. E convidei-o para sair conosco, esperando que Gato percebesse a ternura do músico comigo. Os convites foram-se repetindo, julguei que a ternura fosse aumentar e aumentou, mas eu na verdade não queria ternura, chega de ternura, detesto ternura! Vítor, como pude calcular tão mal? Talvez sejam essas perdas acumuladas, não podia ser amor. O único homem que jamais amei foi Emanuel, quero contar isso a Vítor. Mas ele nem perceberá que troquei o nome do homem amado, não prestará atenção na minha esperta substituição de nomes para no final de tudo conseguir substituir a pessoa, não me levará a sério, apenas perguntará, com os franzimentos de testa de que gosto tanto, dirá, inclinando um pouco a cabeça: Esse último acorde foi um mi menor?

Levanto e volto à cozinha. Não, nada de alcoolismos. Que me importa se meu rosto muda como as cores do cabelo de

Emanuel-Saulo, que me importam esses homens instáveis? Percebo agora que no sonho não consegui ver nítido o rosto de Saulo: quando ele ia se aproximar, um pequeno canteiro de rosas-brancas inchou-se, transformou-se em floresta, aquelas eram rosas destituídas de caule que mais pareciam cogumelos, eu ainda estiquei a mão: Estou aqui!, mas eram muitas as flores sem folhas.

Acendo a luz, todas as luzes, a cozinha é grande, o Gato gostava de apartamentos largos como pátios escolares, a lição agora é seguir uma receita de pão caseiro, do início ao fim.

Procuro o livro que era de mamãe. Passará à sua filha, ela dizia quando eu ainda era tão pequena que tinha de subir num banquinho de madeira para alcançar o fogão. E como vai se chamar essa filha, mamãe? Teresa, ela pedia, é um nome tão lindo.

No livro de receitas que era de mamãe e foi um dia de vovó depois de ser escrito à caneta-tinteiro pela avó de minha avó estará a receita dos pães da família. Lembro de cor, lembrei. Abro a geladeira e confirmo que tenho os ingredientes, não deixo nunca a casa desguarnecida de gêneros: manteiga, açúcar mascavo, açúcar de confeiteiro para, quando estiver assado, polvilhar em cima com um pouco de canela. Tenho canela, os açúcares, os ovos, a farinha, a fôrma, o forno. Levanto as mãos e sinto dores, talvez artrite, mais certamente artrose, que já é degenerativa no nome cuja metade lembra idoso: ose, osa, idosa, artrose. Lembro quando era criança e ouvi a palavra artrose pela primeira vez, a velha nossa vizinha tinha artrite e artrose juntas e ainda tinha flebite, lembro que comecei a rir tapando a boca, mamãe franziu a testa. Mas artrose ainda com artrite e flebite, argumentei, essa flebite soava tão engraçada porque tão distante.

Tão distante. Gostaria de continuar e chegaria a assar o pão, o primeiro pão da minha vida depois de perdê-la, mas não posso. Tenho espinhos no lugar de dedos, gostaria, mas não posso, volto correndo para a sala, se ficar aqui mais um minuto! Não.

Preciso aprender a tomar esse caríssimo remanescente de uma viagem à Escócia mais devagar. Quando der cabo dessa garrafa, não sei se Vítor trará outra, não tem vindo me ver, e também não é provável que tenha por assim dizer enfiado uma destilaria na mala. Sem contar que há de ter outras destinatárias de garrafas, talvez outras velhotas, se bem que entendi ele dizer que agora uma jovem tem lhe telefonado com frequência, não sei se ele vai corresponder, Vítor gosta de gente velha, e ele que nem é tão acabado assim. Vai levar as garrafas escocesas para velhotas, para a moça que gosta de lhe telefonar ou para—

O Gato não gostava de velhotas, preferia impúberes. Ouvi esta palavra pela primeira vez no teatro da faculdade, fui assistir à peça de Beckett e quem acabou esperando fui eu; enganei-me talvez com o programa e o que havia era um grupo local encenando uma peça de teor político. Não sei como a palavra apareceu, o enredo escorraçava os militares e uma parte do grupo acabou presa, eu mesma assisti à chegada da polícia, mas não recordo absolutamente nada, a única coisa que ficou foi essa palavra, impúbere, impúbere ela mesma.

Escutei o telefone? Foi impressão. Dizem que velho escuta pouco mas é o contrário, de tanto escutar acabamos nos perdendo no labirinto de audíveis e imagináveis; vozes, lamentos, gemidos, campainhas. Cantorias, ah, que saudade do canto murmurado de minha mãe. Era ela que dizia: Filha, cuidado para não sucumbir. Temia por mim e meu temperamento volátil, sofreu tanto quando Saulo me deixou rodeada por aquele branco que me cegava; as rendas, os tules, o véu, as camadas de fora e de dentro do vestido, e minhas peças íntimas – que queimei na mesma noite – também eram brancas. Parecia uma espécie de nuvem que saía de dentro de mim, acho que não consegui falar, a saliva, os gritos ficaram brancos. Eu podia ter lutado, a menina diria.

Olho essa garrafa e o vidro translúcido tem o brilho de florestas verde-escuras escocesas. Vítor deve ter me contado se de fato havia florestas, mas não recordo com nitidez, eram tantas histórias e isto é do que mais sinto falta nos homens, suas histórias – o pior de ficar sozinha não é a falta física, o pior é a morte das histórias; mamãe e eu ficávamos em casa como as mulheres antigas, ela bordando, eu lendo, ou eu ao piano e ela me instruindo, explicando o segredo de tocar um Chopin ou um Beethoven, dizia: É como se fosse outro instrumento, filha. Mas me faltava a disciplina e ademais o que me interessava era a hora em que chegariam os homens da casa, meu avô e papai, depois papai e Saulo; eram as histórias do Exército, de jogos de futebol, de pescarias em cidades no topo do mapa, e os nomes todos de rios remotos que eu só via nos cadernos de geografia ganhavam alma, papai pescava, Saulo jogava, e agora teria sido Vítor, que gostava da Europa. Tivesse eu histórias nem me importaria com a partida deles, sempre partem, não há o que fazer.

O pior foi deixá-la partir; com a menina desapareceram não só as florestas, mas a semente. Se voltasse a menina, poderia com ela voltar a vontade de ouvir as histórias, mas se ela não volta, também não volto à cozinha, não cozo o pão, não transformo em alimento as matérias inertes – o ovo, o trigo, a manteiga fria.

18

Por que afinal havia feito aquilo?

Aquilo, o vocábulo, esticou-se como um rabo de gato; Amir viu as letras arregaçarem-se pelo teto. Os garçons continuavam passando, e sua marcha térrea era a inutilidade encarnada da própria vida. Para que, pensou, se já estavam saciados? Os pensamentos começavam a confundir-se e havia uma pergunta pendurada pelas beiradas; quem a pusera ali sem dúvida alguma fora Lígia, a Lígia das recordações estáticas que reclamavam sua parcela de vida. Lígia também reclamava a seu modo, ressurgia violenta em sua resignação de estátua, silenciosa lhe gritava, ou melhor, lhe soprava a pergunta: por quê?

Amir olhou um instante para a esposa que brincava com o aparelho celular na cadeira em frente e não a reconheceu. Sua noiva era Lígia, a moça que estava à mesa na diagonal, paralela ao piano; ainda daria tempo de tomar as lições que ela lhe havia oferecido?

– Amir, pare de olhar para o teto.

Havia oferecido, à época, ensinar-lhe os rudimentos da teoria musical mas ele recuara, ofendido, o piano era para os afeminados. Também o casamento?

Sentiu que estava transpirando numa velocidade que superava a velocidade dos gestos, não daria tempo de impelir os dedos até o bolso, forçá-los para baixo em forma de anzol, apanhar o lenço que estaria um pouco inacessível em consequência da força da gravidade. A esposa notaria e notou:

– Quer que peça ao garçom para aumentar o ar-refrigerado?

– Não precisa, vou pedir a conta.

– Espera, pede mais um sorvete para mim.

Não lhe negaria o sorvete e no entanto à outra, à outra que correspondia à noiva verdadeira, legítima, negara não só um sorvete como a possibilidade de que lhe pedisse qualquer guloseima pelo resto da vida. Os pensamentos que se despregavam do teto caíam e espetavam seus ombros; ele experimentava pela primeira vez em todos aqueles anos o sentimento que no vulgar alcunhavam de culpa e que até o presente momento lhe era apenas uma palavra como outra qualquer, culpa, garçom, hortelã.

Por que fizera aquilo?

Porque não amara Lígia seria a resposta imediata e satisfatória. Tinha o direito, cabia-lhe escolher, porquanto era um membro civilizado da espécie humana que por definição podia casar-se e descasar-se sem maiores complicações.

Contudo não era apenas o motivo que lhe fugia, era a memória; quais ideias lhe haveriam acudido ao raciocínio antes de fazer o que fizera? Quais pensamentos haviam lhe cruzado o circuito neuronal e se transformado em ação? O gesto atrasado concluía seu percurso e Amir agora enxugava a testa com o lenço.

Em primeiro lugar, perguntou-se, aquela senhora sentada próximo ao piano, que olhava para as outras mesas com a concentração e a gravidade de um espectador assistindo a um trecho de ópera, aquela mulher cujos cabelos tinham a misteriosa cor variante desde o louro dos campos de trigo até o quase castanho seria Lígia de fato? Quais parâmetros possuiria ele para julgar aqueles traços e garantir uma identificação com o rosto que com efeito conhecera? Teve o pensamento absurdo de pedir licença à esposa e ir até a mesa de Lígia a fim de solicitar-lhe a gentileza de deixar que afagasse seu rosto, "A senhora se importaria?".

Amir nesse momento suprimiu uma risada que reconheceu ser fruto de súbita e desconfortável sandice. Poderia estar se confirmando a previsão óbvia de que um dia ficaria velho e poderia tornar-se louco; e quando refletiu sobre esse pensamento percebeu que não só estava velho e louco, mas também que aquele poderia ser o instante que precederia sua morte.

— Está se sentindo mal, meu amor?

Ele olhou para a esposa pela primeira vez com o carinho que deveria ter estado presente durante todo o tempo no qual fora compreendido o almoço, negou o mal-estar e ainda ergueu a mão direita num gesto viril para chamar o garçom e lhe pedir duas bolas de sorvete de frutas, quais eram as frutas que a esposa desejaria, amoras, uvas, framboesas, limões?

Nunca mais essas mesmas frutas para Lígia, pensou sem querer, quando outra pergunta despencou do teto e espatifou-se em seu peito. Sentiu vontade de chorar não por ter abandonado a menina de véu, grinalda, sapatos brancos, luvas brancas, flores brancas em frente à igreja mas porque não lhe poderia comprar um sorvete. O gesto prosaico não valorizado pelos que nunca tiveram um remoer como aquele para lhes vitimar a razão agora lhe pesava sobre o crânio como uma roca. Os pensamentos tecidos por ela, porém, não comporiam nenhuma figura, mas o absurdo. Precisava sair do restaurante porque jamais poderia comprar um sorvete para a mulher em frente ao piano cujos olhos plácidos em vez de olharem traziam o mar.

– Achou o número da Larissa, querida?

Ligaria para a filha que hoje aniversariava e lhe reclamava atenção, mas e quanto à filha que deveria ter feito gerar na noiva da juventude? Os homens de sua família tinham orgulho de sê-lo e Amir por um instante fez desfilar todos os varões das gerações antigas e novas pela memória, não se lembrando de nenhum que houvesse fugido a suas responsabilidades.

Não importava agora o fato de ter deixado Lígia sozinha no branco esmaecido do dia que não amadurecera jamais, importava que se lembrasse, que recordasse as sensações, que se reencontrasse consigo mesmo e parasse de correr; havia corrido todos esses anos, percebia, corrido como se cumprisse distâncias, completasse círculos concêntricos que começariam e terminariam em si mesmos da mesma forma como morrem os homens e os relógios continuam funcionando em sua redondeza inútil.

A moça ao lado do piano quebrara os ponteiros.

– Querida, achou o número da Larissa?

– Calma, Amir, que impaciência.

Queria o número de Larissa, queria encontrar a professora de ginástica ao final do dia e dar o beijo de boa-noite na esposa quando fosse dormir, tendo a agradável sensação de ser um homem de família e um homem vigoroso ao mesmo tempo.

O que sentia quando beijava a esposa traída nunca havia sido culpa, era a satisfação emocionada de preencher mais um círculo. Quando viesse a ficar desprovido de suas funções vitais – batimentos cardíacos, bom funcionamento de artérias, fluxo perfeito do sangue pelos filamentos –, quando viesse a se defrontar com sua última hora poderia dizer: "Aqui neste corpo, neste organismo outrora saudável, viveu um homem."

19

— Oi, Amir.
— Deus te abençoe, minha filha, e feliz aniversário.
— Puxa, ainda faltam dez horas para o final do meu aniversário e você conseguiu lembrar! Parabéns digo eu! Quem te deu a dica? A generala prenha?
— Estou bem sim, filha, tudo vai bem, e com você? Seus irmãos estão precisando de alguma coisa?
— Rafael está precisando de um programa de desintoxicação e Amir Júnior precisa de nota em todas as matérias, todas, pai.
— E você, Larissa?
— Eu? Um spa até que iria bem. Quer pagar para mim, pai? Hein, que tal?
— Minha filha, se você acha necessário, é claro que seu pai providencia. Mas você não está em época de provas na faculdade?
— Tem dois meses que tranquei a faculdade. Minha terapeuta disse que tenho todo o direito, porque estou estressada. Então um spa ia fazer bem. Além do mais, homem não gosta de mulher gorda. Hein, Amir, homem gosta?
— Gosta de quê, Larissa?

— Se bem que eu dei sorte, viu, pai? Arrumei um homem que não se importa com a gordurada. Também naquela idade acho que ele nem enxerga.

— Que idade, Larissa? O que você está dizendo?

— Que arrumei um homem mais velho que você.

— Minha filha, não vou ficar discutindo isso no telefone. Você falou em tomarmos um sorvete hoje à tarde, onde e a que horas posso pegar você?

— Ele se chama Vítor e é pianista. Não acho que você vá desaprovar, porque músico não tem idade. Não é assim, Amir? Não tem idade, mas tem dinheiro, você e minha mãe sempre falaram para eu cuidar do meu futuro.

— Nem eu nem sua mãe quisemos dizer isso. E por que você desistiu da faculdade?

— Larissa desistiu da faculdade, amor?

— Espera. Larissa, quer me explicar a situação, por obséquio?

— Vítor é um ótimo amante, pai, deve ser parecido com o senhor, só que não tem nenhum filho.

— Larissa, não estou querendo saber nada que diga respeito a esse indivíduo agora, sobre isso conversaremos mais tarde. Por que sua mãe não me falou nada sobre sua desistência?

— Minha mãe ainda não sabe.

— Você por acaso está andando em má companhia, Larissa?

— Ai, pai, como você é divertido. Eu estou fazendo vinte e cinco anos, quase na idade de ficar dizendo essas mesmas coisas a meus filhos. Má companhia é com doze. Eu andei em boa companhia tempo demais, isso sim, estou precisando me sujar um pouquinho. Ah, pai, não te contei que estou com dois namorados.

— Conversamos à noite.

— O Vítor no final de semana e um surfista e capoeirista de segunda a sexta, porque estou gorda, mas não deixo de ir à praia. O nome dele é Roque. Você deve estar achando engraçado um esportista gostar de uma baleia como eu.

— Pare com isso, minha filha, você não está tão gorda assim, falei por falar, por zelo, me desculpe, e por favor não prossiga com esses assuntos...

— Não vou prosseguir, pai, só vou dizer que o Roque não gosta de gordas também não, ele é como você, vive dizendo que preciso emagrecer, briga comigo quando falto academia e diz que vai me largar por uma surfista magra como ele, mas eu me humilho porque dele eu gosto, entendeu, pai?

— E do outro?

— Do velho gosto também. Mas ele tem outra paixão, todo mundo tem suas ambivalências. Inclusive o senhor. Antigamente eu achava tão errado, o senhor saía, a mãe chorava, depois veio essa aí, lembro que chorei tanto... Fiz tanto drama, não fiz, pai? Por isso é que o senhor nunca gostou muito de mim, sempre preferiu o Rafael e principalmente o Amir Júnior.

— Larissa, não seja injusta, sempre me dediquei a vocês três da mesma maneira.

— E essa que vem aí, hein, pai, você vai gostar mais ainda, não? Vai ser mais neta do que filha, vai crescer mimadérrima.

— O sinal está ruim, minha filha, daqui a pouco ligo de novo para combinarmos tudo.

— Só mais uma coisa, pai, o Vítor tem uma amiga que se chama Lígia, você não teve uma noiva com esse nome? Hein, pai? Muito tempo atrás?

— Beijo, filha, fique com Deus.

— Deixa de ser bobo, pai, sei que você está me ouvindo, o sinal aí no restaurante está ótimo, estou escutando até um garçom passar com uma bandeja de copos, olha! Acabou de quebrar um.

— Larissa, seu pai está com dor de cabeça.

— Exagerou no vinho? Já te falei que não tem nada a ver vinho com churrasco. É de admirar que sua esposa médica permita. Vai ver ela deixa para pôr a mão no dinheiro mais rápido. É passar mal, enterrar, e pá-pum.

— Larissa, você está me irritando.

— Eu ia dizer, pai, que coisa, me escuta, você nunca me escuta, parece que só fala comigo por obrigação, ia dizer que descobri por acaso. Essa coisa do Vítor, meu namorado. A melhor amiga dele, que se chama Lígia, é quase da idade do senhor. Acabei vendo uma foto, não sei por que, mas achei que era, acho que foi uma coisa intuitiva. O senhor acha possível que seja a mesma pessoa? Por que mesmo vocês não se casaram? Hein, pai, conta, adoro uma história antiga.

— Não há história alguma. Até hoje à noite.

— À noite ou à tarde?

— À tardinha, à noite tenho que trabalhar.

— Trabalhar é comer a professora de ginástica.

— Se você continuar com isso, desligo o telefone sem me despedir. Não é porque é seu aniversário que você tem o direito de falar com seu pai como se fosse com um desses moleques usuários de drogas.

— O quê? Fala mais alto, não estou te ouvindo. Tem uma música alta aí, não tem, pai? Sabia que quem está tocando é o meu namorado? O velho. Quer conhecer ele, pai? Ele é igual a você, está cheio de amantes!

— Deus te abençoe, minha filha, nos vemos mais tarde.

— Daqui a pouco, na verdade. Já estou chegando aí, pai, acabei de achar uma vaga, vou estacionar.

— Você está dirigindo, Larissa? E falando no celular? Quer sofrer um acidente?

— Está no viva voz, pai, não esquenta a cabeça, você parece um militar velhote.

— É o que sou, Larissa. Fique com Deus.

— Espera, pai, eu não quis dizer isso, você continua um gatinho.

— Até daqui a pouco, Larissa.

— Vai, pai, não desliga não. Não desliga.

20

É hoje o dia mais triste da minha vida. Não, não é o dia do buquê fenecido o mais triste, é este, este dia de túmulo, estou costurada nas reentrâncias da sepultura e aspiro o bafio gélido da desesperança.

Estou na cozinha do meu apartamento e tudo pareceria normal ao olho não treinado; uma velha assando uma massa qualquer para mais um chá solitário, dois ou três raios de sol prolongando a tarde dentro e fora da janela, operários aliviados pelo final de mais um dia atravessando a rua. Entretanto vejo esses azulejos como as pedras do meu sepulcro. Não as odeio, compreendo-as como compreendo este momento. A tristeza é completa e não há falhas em sua estrutura, não há poros por onde passar qualquer outra sensação: horror, espanto, surpresa. Esperança. Jazo inerte e resignada embora esteja com as costas eretas no respaldo da cadeira, os dedos sujos de manteiga ainda agarrados a esta caneta, tão trêmulos.

Ao meu redor, o perfume nascente da massa já morta entoa as notas do réquiem; tudo é interrupção. A menina interrompida, agora a massa que seria dourada. Crua e estéril espalhada sobre a pia junto com as tigelas sujas de manteiga e óleo, as frutas cristalizadas que nem cheguei a tirar dos vidros. Não construo mais nada; mamãe dizia que era preciso preservar a receita do pão da família, que passasse à minha filha, que passaria à sua e assim sucessivamente, mas em mim o pão foi interrompido. Se Vítor chegasse agora eu lhe diria: Estou morta também, não consegui! Não consegui prosseguir, não acertei a receita, tentei duas, três vezes, queimei uma fornada, esqueci de ligar o forno na outra, e agora jazem os tabuleiros como jazem meus olhos, tão cansados, Vítor, tão cansados.

Precisava de alguém para fazer o enterro, não há, portanto terei de limpar o mármore da pia com minhas próprias mãos que, se não serviram para construir, servirão mais uma vez para esvaziar. Varrerei o chão como sempre varri as sementes, desligarei o forno, o fogo, devolverei os ingredientes não utilizados à geladeira, fecharei a porta. E ao final do trabalho não haverá nada, nem o perfume do pão nem o dourado da massa, não haverá textura, peso, volume. Apenas a lembrança do sabor adocicado e morno que as papilas jovens conheceram e guardaram consigo, como num cofre.

Vítor disse que talvez viesse, talvez faltasse. Mas hoje é o dia mais solitário, que dizer da noite, Deus, me livre desta noite. Que venha Vítor, que diga suas coisas desagradáveis, que me mande parar de fugir, enfrentarei tudo, mas não posso estar só, não se devia morrer só, tão bom se nos caixões coubessem duas, três pessoas, todas enterradas juntinhas, morrendo os casais felizes ao mesmo tempo, sepultados de mãos dadas como os egípcios preservados em suas ervas balsâmicas.

Não é preciso que Vítor me ame, em absoluto. Ao menos que ame só a mim, não é necessário. Dou-lhe liberdade para ter quem quiser, só é preciso que esteja aqui. Algumas vezes.

Agora que está com uma jovem, a moça gorducha que surfa e usa tatuagens, cismou que tem que me apresentá-la. Chegou a marcar um encontro, diz que ela gosta de histórias, quer me conhecer. E que eu por favor compareça no domingo próximo a uma casa de carnes, justo eu, que abomino o odor de animais sacrificados, agora terei que tratar um táxi até Copacabana no meio de um domingo desse setembro quente como o diabo para inalar cheiros putrefatos na casa onde Vítor toca temas vulgares ao piano e dar uma de velha bem resolvida e nostálgica, para agradar a adolescente gorda que finge que gosta de histórias de velhos para no fundo agradar ao velho amante que por ser velho deveria querer a mim e não a ela. Não que Vítor a queira, Vítor quer o Gato, mas Gato também quero eu, acontece que o Gato ama a sua portuguesa, vai casar-se com ela, casar-se!

Vítor tem vindo e tem dito que deseja me ajudar a enfrentar mais esse momento difícil, diz assim, mais esse, pois de resto deve referir-se ao momento extinto do buquê. O buquê eterno! Feneceu, murchou, mas sempre eterno porque jamais usado, para sempre casto. E me recomenda que não fuja porque o enfrentamento será inevitável. Penso em dizer-lhe: Vítor querido, finjo que não suportarei, mas vou suportar, assinarei o que for preciso, espojar-me-ei no inferno desse divórcio que Gato me inflige, é preciso sacrificar-me, você também não o ama? Você fugiu para a Europa, eu fujo para debaixo da cama, blefo que só devolvo a aliança se ela for atada ao meu dedo, cada um com o seu inferno, e neste até que não há tantos embaraços porque não há aquelas flores branquíssimas. Ou brancas eram apenas as rendas das luvas?

As rendas e os tules e os buquês das bailarinas que se pareciam com nuvens. A moça amou, mas foi enganada pelo nobre que se fingiu de camponês porque estava apaixonado. Apaixonado, mas enganador, já tinha uma noiva. Lembro que fui assistir a esse balé pela primeira vez com mamãe e duas tias, todas entusiasmadíssimas. No primeiro ato, tudo muito colorido, o maestro sacudindo a batuta, vibrante, os vestidos e os corpetes das moçoilas, que tinham os matizes tão vibrantes quanto os do cenário, os campônios indo e vindo apertados naquelas calças de bailarinos, mas figurando moços muito másculos, rudes. Quando chegou o segundo ato perguntei à mamãe: Mamãe, onde estão aquelas bailarinas coloridas agora, por que esse cenário esquisito? Estão no cemitério, querida, explicou me afagando a cabeça, num sussurro, porque naquela época se fazia muito silêncio diante de artistas. Giselle morreu, ela anunciou quando a música fez uma estranha pausa. Fiquei tristíssima: Mas Giselle não é a principal, como vai ser agora para continuar?

Continuaria assim mesmo.

Não compreendia por que os espíritos das bailarinas chamados de Willis faziam os homens dançarem até o último suspiro, achava más aquelas mortas apesar de tão levinhas. Todas haviam cometido o suicídio por amor! Não podia adivinhar então que minha vida também se passaria naquele segundo ato sem cenário, sem os camponeses de figurinos tingidos de arco-íris, sem a aldeia festiva comemorando o casamento dos amantes. Queria que voltasse o primeiro cenário!, reclamei já querendo chorar. Mas aqui a dança é mais bonita ainda, mamãe me alertou, prática, apontando o palco de onde saía uma fumaceira branca: Preste atenção que elas vão fazer umas piruetas lindas. Não adiantava, porém, porque eu já estava dentro do avesso da história de amor.

Agora soa a campainha. Mas não é aqui, que pena, é na vizinha, na vizinha de três ou quatro filhos que não precisa de mais campainhas em sua vida, aposto que estará agora resmungando a meia-voz, reclamando de mais uma visita inoportuna, eu que precisava tanto, e contudo. Talvez esteja sóbria demais, e para quê? Quando Vítor chegar lhe contarei que fiquei sóbria e fui assar pães, ele perguntará onde estão esses pães e eu responderei triste, tão triste.

21

— Mas de que adianta, Larissa, se você só fica com esses assuntos?
— Que assuntos?
— Esses aí que você sabe que não aprovo.
— E se eu conversar sobre outra coisa? Outra coisa pode, não pode, pai?
— De qualquer forma telefone não é lugar para se bater papo, é para emergências.
— Tenho uma emergência.
— Ai, Larissa, você às vezes se comporta como uma criança.
— Responde rápido: você me ama?
— É claro que gosto de você, minha filha, posso não ter sido o melhor pai do mundo, mas os adultos têm problemas que os jovens às vezes...
— Não, pai, não estou perguntando se o senhor gosta de mim, estou perguntando se me ama.
— Mas é evidente.
— Então se eu morresse hoje o senhor ia chorar?
— Que conversas são essas, minha filha?
— Uma lágrima ao menos?
— Larissa, vou precisar desligar agora, o garçom está esperando eu assinar o cheque.

— Você só usa cartão. Uma lágrima, hein, pai? Mas tem que ser sincera.

— Mais tarde nos vemos.

— Não, pai, já estou chegando aí. Queria morrer um pouquinho só para ver se o senhor ia cumprir a promessa.

— Que promessa, Lígia?

— Lígia? Por que você confundiu? Sentiu saudades do passado?

— Quem é Lígia, Amir?

— Diz, pai, você já amou alguém? Alguém que eu digo, uma mulher. Alguém sem ser o Amir Júnior, que é a cara do senhor. Derramou por ela uma lágrima ao menos? Pai?

22

Uma lágrima ao menos. Ando com essa ideia obsessiva; terá derramado ainda que uma? Quando escreveu o bilhete. Quais eram as palavras? Não lembro. Foi como se não tivessem existido porque no momento em que me dei conta de que ele não viria, a lava branca engoliu não só as palavras do bilhete, mas todas as palavras. Via o choro de mamãe, papai gesticulando, como um filme do qual se tivesse suprimido o som, como aquele botão do controle remoto que é preciso acionar quando a novela está interessante, mas tocam o telefone.

O Gato não me deixou no altar, mas me deixou. Não quero deixá-lo me deixar. Não quero sacramentar esse vazio.

Engraçado que jamais havia considerado possível a hipótese de acontecer de novo. No momento em que Cristiano pôs a aliança em meu dedo, nesse momento o bosque branco forrado de areia movediça, da areia branca que transbordou do bilhete de Saulo e cobriu tudo, nesse momento em que o dedo recebeu o metal das mãos do Gato o bosque esfarelou-se, e pensei: estou salva. Não só pensei como senti, com o corpo, com meus ossos então cingidos pelo aro cujo ouro varreria a brancura morta da mesma forma que a neve é derretida pelo sol. Eu era esposa, mais que esposa: noiva, ainda que com anos de atraso.

Nem quando Gato me traiu com a serviçal que gostava dos meus pães, aquela ávida Heraldina, julguei-me ameaçada na integridade circular do ouro que me redimira no altar. As coisas caminhavam como era praxe, ou seja, sem a perfeição que desesperadamente lhes queremos imprimir. Gato afinal não precisaria ser um bom marido, bastava que fosse marido e isso creio ter ele sido.

Mas por que estou voltando a esses tropeços de Gato? Influência de Vítor, talvez, que insiste tanto em que eu não fuja. O que Vítor me ofereceu em troca? Era preciso que eu o tivesse inquirido: Pois muito bem, não fujo e então o quê?

O nada. Poderia agora retomar as sessões terapêuticas com doutora Antônia e lhe confessar, encharcada de lágrimas: Cristiano foi embora, sei que já faz mais de ano, mas agora ele quer casar-se com outra!, poderia admitir, e nada, absolutamente nada mudaria. Acabei de reconhecê-lo e não sobreveio nada: a menina não surgiu sorridente pela sala, Saulo-Emanuel não rasgou o bilhete e vestiu, rápido, o terno que deveria estar estendido sobre um sofá, Vítor não fez soar a campainha. E foi embora por quê?, a terapeuta pós-graduada em universidades do exterior perguntaria, relanceando o relógio de pulso por baixo da escrivaninha. Apaixonou-se, ora essa, não acontece? Acontece, mas incomoda, correto?, ela prosseguiria, trazendo à consulta a palavra mágica, incomodar, se incomoda é porque machuca e machucado traz dinheiro. Psicanalistas e coveiros não subsistem da tragédia? Aliás, qualquer médico? Então a profissão é mancomunada com a morte, mas também não o é a vida? Carece portanto fornecer ao profissional material utilizável: Incomoda, não resta dúvida, mas não há o que fazer. Mas como a senhora, aliás, você, se sente diante da situação? Sinto-me descasada, ora essa, ele pediu o divórcio. A senhora deu? Naturalmente que não, seria reviver a areia branca movediça. Por areia branca movediça a senhora, aliás, você quer referir-se ao episódio traumático da juventude, o do dia do casamento interrompido, aquele dia, refere-se àquele dia?

Aquele dia—

Não concordo com a comunidade religiosa quando condena o suicídio. Não. Então seria uma forma de assassinato? Mas fazer cessar o indivíduo pelo próprio indivíduo seria acaso uma violência? Não é mais violento o insuportável? Quem permitiu que fosse insuportável há de permitir a interrupção.

Escrevi interrupção e o telefone soou, a comunidade chamaria o fato de milagre, o agnóstico franziria a testa, fazendo um admirável esforço para desacreditar. Ia me atirar desta janela e um telefonema impediu, Deus seja louvado! Não era Vítor, como involuntariamente imaginei, era engano, o que reforça a tese milagreira, já que enganos são raros nesta casa, aliás, qualquer telefonema.

Fiz, porém, o que tinha de fazer.

Quando telefonaram, naquele dia, já faz algum tempo, semanas?, fiz o que tinha de fazer. Recusei. Às dezesseis horas, a senhora, por favor. Como assim?, pensei comigo empunhando meu escudo: como assim se não quero, se estou disposta a aceitar tudo? Mas ele quer, senhora, teriam dito se não fossem obrigados a ser educados. Civilizados. Ao menos no início. No decorrer da audiência se tornariam selvagens, o Gato era advogado ele próprio: Não há limites, ele costumava dizer. O doutor Cristiano aguarda a senhora em audiência privada às dezesseis horas. Mas às dezesseis horas tenho que fazer as unhas! Não assino. Não assinei como não tiro o ouro que cinge meu dedo anular feito uma casca, é esta casca que me arranca do naufrágio branco e no oceano de neve não posso ficar, não fico, mil desculpas. É questão de sobrevivência, penso agora com vontade de rir, eu que instantes atrás falava justamente em interromper o sobrevir do ar, eu que há tão pouco ameaçava a bilionésima-trilionésima inspiração-expiração de ser a última. Há tão pouco.

23

A gargalhada de Teresa atravessou a madrugada.
– O que houve, Teresa? Por que não me deixa dormir?
– Não temos muito tempo, mãe.
– Me deixe dormir.
– Vamos brincar, mãe. Vem comigo ver aquele desenho na televisão, vai começar agora. Vem logo, mãe. Olha, descobri um atalho que dá para um lago cheio de peixes! Queria que você conhecesse minha boneca nova que a professora ajudou a gente a fazer na escola. E a professora de dança disse que eu tenho jeito para tocar os címbalos, já ouviu falar em címbalos, mãe? Essa saia está ótima, não é curta coisa nenhuma, minhas amigas usam coisa muito pior! É claro que vou assim, mãe, você quer que eu brinque Carnaval fantasiada de irmã de caridade? Você reclama de mim o dia inteiro, por que não dá um tempo? Um tempo? Preciso de dinheiro para viajar com as meninas, não é para longe, vamos só passar dois dias na praia, tem algum mal nisso, dois dias na praia? Mãe, eu te amo. Juro que não colei na prova de matemática. Aquele cara que apareceu aqui ontem à noite? Claro que não é meu namorado, você acha que eu ia namorar um traficante? Um traficante, mãe? Me ajude a escolher o vestido da festa de formatura, você prefere o vermelho, o verde ou o cor-de-rosa?

Pegue aqui sua netinha no colo, não, ela não vai chorar com você, mãe, ela vai gostar, isso, segure a nenê que eu preciso voltar para a cozinha, senão esses pães da receita da vovó não vão ficar prontos nunca.

— Teresa, pare, não aguento mais.

24

Vítor comentou que foi visitar um parente no hospital, não me lembro se tia ou prima, ou talvez tenha sido um vizinho, ele que é músico e está cheio de vizinhos que lhe agradecem o barulho do piano, Vítor foi e comentou, enfim, que não gosta de hospital porque hospital é muito branco. Nem todos, penso comigo, e se essa gota proibida de pensamento se coa através do meu filtro poroso, que eu tenha a outra gota, as outras, para irem comigo pelo túnel.

Nem todos, querido Vítor. Espere, papel, preciso trocar esta caneta, a tinta falhou de repente, melhor não contar? Onde está o copo? Paciência, troco de caneta e de copo. Aqui estão, o azul compacto e o translúcido da bebida, o uísque é flácido como o filtro da memória.

O hospital que não era branco. Clínica, eles chamavam. Mamãe não pode saber, eu tinha dito à amiga que iria comigo. Misteriosamente esqueci seu nome, como esqueci em que bairro ficava a clínica de desfazer grávidas. A amiga, durante o trajeto no ônibus, tentou confirmar pelo menos umas dez vezes: É isso mesmo que você quer? O que quero! O que quero é ter esse filho de Noivo, minha querida, mas para isso ele precisaria ter se materializado na igreja. Lembro que fiquei com vontade de rir, ou talvez esteja com vontade agora, noivo que não casa, o que é? Um noivo eterno, é isso, minha querida, fico numa situação melhor do que a de todas as mulheres do mundo, o noivado eterno, há coisa melhor, há?

É claro que há, eu teria pensado se tivesse pensado nisso no ônibus. A amiga tinha posses, por que não me levou de carro? Medo? De que a placa fosse reconhecida, talvez? Só mulheres daquele tipo cometiam abortos, eu disse *cometiam*?

Meu pensamento é líquido e transparente, mas cheio de cores indecifráveis se olhado de perto, como este copo de uísque que faço desfilar pela minha mão agora. Tomo mais um gole, saboreio, mas o gosto tornou-se de repente opaco. Teria ficado escurecido como a clínica de ladrilhos estridentes onde todos sussurravam? Entrem por aqui, senhoritas. Entramos pelos fundos, como duas ladras. Eu tinha dezoito anos e o bebê estava ali comigo havia quanto tempo, três meses? Como um intruso! O pai não sabia, se o pai não sabia era como se não tivesse acontecido, nem o bebê posto nem o bebê tirado. Vamos até aquele quarto, senhoritas. Qual das duas vai realizar?

Quando o médico, aliás algoz, escolheu este verbo, realizar, eu sabia que veria aquele dia sempre ao contrário, como uma roupa que se veste do avesso e se tenta tirar para ajustá-la, mas ela não sai, se prende por algum fio traiçoeiro num gancho de cordão, num colchete de sutiã, num emaranhado. O dia escuro e com cheiro de fumaça, de onde vinha? A clínica tinha uma chaminé ou estou me confundindo? Um cheiro de carvão misturado a sangue pisado, passamos por um corredor ao final do qual havia um quarto minúsculo com uma lâmpada amarela acesa, vi uma poça de sangue dentro de uma bacia, a bacia era cinzenta e fria, lembro que disse à amiga que apoiava meu braço: Será que Teresa vai sentir frio? Ela perguntou quem era Teresa, eu disse: Vou desmaiar.

 A enfermeira que sorria mais parecia uma cigana, tinha um lenço colorido amarrado na cabeça e argolas festivas, parecia uma bruxa a rir-se da miséria dos outros, a enfermeira segurou minhas pernas no momento decisivo, antes tinha me dado um líquido escuro numa caneca, perguntei o que era, minha amiga – lembro-me agora: Vera –, minha amiga Vera perguntou baixinho mais uma vez: É isso? Pode desistir se quiser. Ela ia se chamar Teresa, se fosse mulher, eu talvez tenha dito, mas só em pensamento, se tivesse falado em voz alta Vera que havia de ser veraz teria impedido, me levado embora aos arrastões, teríamos largado a cigana e o médico vestido de branco com um lenço de papel todo rabiscado no bolso, que médico carregaria borrões e manchas na própria vestimenta? É um assassino, pensei, já dopada, já quase adormecida, mas não a ponto de não sentir a frialdade da lâmina arrombando os recantos que até então só o homem prometido conhecia. Vão matar Teresa, pensei e implorei: Vera, quero, preciso desistir, enfrento mamãe, que dirá que me perdi, enfrento a tristeza de criar um filho sem pai, enfrento tudo, vamos embora, quis dizer e sei que disse, já estava lúcida, mas Vera, que não sabia mentir, explicou: Lígia, já está feito, fique tranquila, vamos embora. Mas aquela bacia, aquele sangue na bacia fria, gélida, aquele sangue por acaso–

 – Teresa, é você?

25

Agora penso que ela está aqui e digo: Filha, venha comer o pão. Ela não me escuta porque está dourada e verde dentro de um brinquedo de parque e à sua volta há árvores frutíferas cujas folhas não fazem sombra, não fazem sombra sobre os cabelos ensolarados, hão de brilhar sempre, ainda que o sorriso de bolha desapareça ao mínimo toque do espinho, ainda que os olhos se fechem cansados, cansados, ainda que o corpo.
Seu corpo de menina desliza no escorregador vazado de flores, são margaridas de miolos também dourados; li numa revista científica que o sol é uma estrela, não que não soubesse, apenas preferia ver o sol dos impressionistas e dos trovadores, li que é estrela e portanto morrerá, pois estrelas morrem, mas será possível que nada seja eterno?, penso e me debato, sentindo um arrepio ao dar-me conta de que nem a palavra. Nem ela. Folheio com preguiça o miolo do dicionário que quase tomba, estou deitada, eterno é antes de tudo fora do tempo, releio fora do tempo e já começo não compreendendo; os dicionários arvorando-se em poetas, sinto falta das definições antigas, a professora: O que é o vento? É o ar em movimento!, respondíamos.
As colegas resmungavam que a escola era uma maçada e eu as imitava, mas sem convicção alguma, pois ia às aulas por

prazer. Vejo Teresa na minha frente com a pilha de cadernos e lhe tomo os pontos, acaso me pediria que a ajudasse com a separação de sílabas, as contas de somar e subtrair? Dez menos sete são três, querida, tudo tão cheio de sentido. Inúteis as abstrações da mente depois dos primeiros tempos, só há perguntas, a filosofia! A ciência! Deus me conforte, que falta fazem os tempos das respostas. Lembro a primeira vez em que veio da mestra um tom dúbio. Já estava grandinha e perguntei para onde íamos depois de mortos; nosso cão de muitos anos acabara de morrer e, junto com papai, eu o havia enterrado no jardim, lembro minha decepção ao não vê-lo mais correndo pela cozinha em busca de restos, e eu já não era visitada por ele em sonhos. Acabou o Nevado?, perguntara à mamãe. Acabou como assim? E repeti à professora: Acabamos também nós? Como assim?, ela respondeu, e o desapontamento foi profundo, para uma pergunta grande viera a resposta que não era resposta, pela primeira vez.

Pergunto à menina, que chego a ouvir aqui a meu lado recitando uma rima de cantiga de roda: Quem descobriu o Brasil? Ela responde. Quais são os estados e suas capitais? Respondo a ela, que faz um rodopio gracioso de dançarina descalça e começa a rir com os cabelos hasteados no centro da sala, que gravita em torno deles fazendo girar os móveis; a mesa de centro com o copo vazio, os degraus que ligam o bar ao resto da sala, esse bar empoeirado, desguarnecido.

Quando o Gato ainda estava por aqui a casa era outra, quando estavam a serviçal que comia pães, os casais amigos que vinham bebericar dos vinhos trazidos das prateleiras mais nobres do supermercado. Todos mortos. Não como o cão da infância ou o sol quando se lembrar de que é só uma estrela, mas mortos porque distantes, arrancados à minha compreensão. Não lhes tenho acesso, como não tenho a Vítor, ao menos ao Vítor que seria meu, era Vítor minha ligação com o possível, se Vítor se vai fico então com a menina, grito seu nome, giro com ela na nuvem verde dourada, escuto a cascata de nossos risos reverberando em ecos crocantes como a pipoca que ela me pede para comprar. Deseja também algodão-doce?, lembro de conferir, é apenas uma criança, o cérebro ainda uma pequenina folha verde surgindo do broto, tudo brilhante como há de ter sido a semente, não conhece as guloseimas do mundo, está penetrando nele, devagar. Recusa o algodão-doce, prefere deitar-se na relva e cutucar as nuvens com o lápis, também ela tem um lápis na mão, há de gostar de ir à escola e quando chegar à mocidade conhecerá um mancebo, não um homem, porque um homem poderia substituir-se por um bilhete, mas um mancebo, mancebos comparecem sempre ao noivado, ao casamento, mancebos carregam a noiva no colo na noite da lua de mel, a menina terá sua lua de mel, porém a quero agora comigo, criança e casta, o mel é sua presença dourando as paredes da sala, como está morno este apartamento agora que a menina chegou!

Palavra preferida esta, *chegou*, poderia dizer o mesmo de Vítor, Vítor chegou, gostaria de que o fato furasse as paredes blindadas das letras e se materializasse, preguiçosas letras, enganosas, como as detesto, quem multiplica letras não sabe o que fazer com a solidão, por isto as tece, como a aranha peçonhenta – vejo um chumaço branco na garrafa de um conhaque comprado pelo Gato há tantos anos, é uma teia e dentro dela está aprisionado um mosquito, o Gato não saberá e não se importa, esqueceu-se de tomar um copo antes de ir para sempre, largou por aqui o conhaque, há de estar tomando vinhos roxos como flores, fará seus brindes; lembro que comigo não sentia prazer, dizia que eu era enfadonha: Brindar a quê, querida?, pois se brindamos ainda ontem, e no dia em que o vi pelo vidro, lembro que chovia. A vidraça de uma casa de chá; eu voltava de uma visita, não lembro que amiga tinha ido ver, às vezes preenchia o tempo indo tomar chá com biscoitos folheados na casa de alguma conhecida, ah, lembrei-me agora, tinha ido à igreja. Passava pela calçada oposta, não sei por que quis atravessar, talvez porque quisesse trilhar os ladrilhos pretos e brancos, eu passava sem pressa e antigamente gostava de escolher as calçadas, evitava os buracos, os ressaltos, e a calçada da casa de chá não era lisa, mas tinha a lógica dos arcos organizados de um mosaico, e as luzes através da vidraça lembravam um dia de festa, lembro que pensei: vou entrar e tomar um cafezinho, fazia tanto frio. Diminuí o passo e o vi, meu marido Cristiano, este que eu chamava de Gato, é preciso repetir seu nome, o apelido, para que as recordações não se percam, não se misturem, vejo a menina, vejo Saulo-Emanuel e vejo o Gato e às vezes acho que os três embrenharam-se pela mesma floresta, a noite é chuvosa, as nuvens turvam a vista, a memória é embaçada como a vidraça da casa de chá onde revejo o Gato. Está com uma rapariga de olhos azuis, digo rapariga porque a moça me lembra o cromo de um álbum antigo de mamãe, havia estampas coloridas de aldeias portuguesas e uma menina idêntica à menina que àquela mesa sorria para o meu marido. Não posso entrar, pensei, não posso entrar como não posso entrar no álbum antigo de mamãe, e segui pela calçada pavimentada com os arcos que se revelaram tortos debaixo da chuva agora mais forte, que açoitava minha sombrinha;

não posso entrar porque há a vidraça e porque ninguém pode penetrar em uma cena perfeita e colorida como a da menina de olhos felizes que faria meu marido voltar a ter prazer em brindar uma taça de vinho.

    Quando ele chegou em casa naquela noite eu quis lhe perguntar como tinha acontecido de ele perder o prazer de tomar bebidas borbulhantes comigo, mas minha voz embaraçou-se pelas ramificações silábicas e ele interpretou a palavra prazer em seu sentido matrimonial: Não sinto mais nada com você nem na cama nem fora dela, e eu lembro que desapareceu Cristiano e no mesmo instante eu estava vestida de noiva no meio da calçada da igreja carregando o branco buquê fenecido, quis gritar: Não deixe que as flores murchem, Gato, estão amarelecidas! Porém não conseguia mais ver meu marido, que continuava explicando: Nem na cama nem fora dela. Mas explicava estando invisível, eu via ao longe a igreja branca, o vestido, as rendas, o tule branco, está tudo esbranquiçado esperando a chegada colorida do Noivo, o anel para esquentar o corpo com o dourado pontual, mas virá apenas o bilhete que espirrará na imensidão branca suas partículas de sangue.

26

Amir repôs os óculos que havia deixado sobre a mesa: a moça que acabara de ocupar a cadeira vazia na mesa paralela ao piano era sua filha, Larissa. Tinha vindo atrás dele, era impaciente e voluntariosa como o pai, admitiu, achando-a pouco atraente vestida com aquela espécie de camisola que em vez de disfarçar acentuava a gordura excedente das coxas e da barriga. Mas o que estaria sua menina fazendo na mesa da noiva antiga? Ela havia dito que conhecia Lígia, era isso? Ele resolveu levantar-se, agora teria uma desculpa para aproximar-se – mais de quarenta anos depois e confrontaria a menina loura de pernas compridas e magricelas que ficava abraçada a seu peito na rede do jardim; ela sentia frio e pedia que ele a aquecesse com seus braços, eram braços mirrados, mas Lígia os achava desenvolvidos, e talvez estivessem tornando-se robustos, ele já entrara para o Exército na ocasião, submetia-se a exercícios árduos e constantes.

– Querida, aquela ali é Larissa?

– Quem? – estranhou a esposa, que interrompeu o bocejo para virar a cabeça para trás. – Não estou vendo ninguém.

– Aquela menina de camisola estampada sentada à mesa da senhora perto do piano.

— Camisola? — ela riu, protegendo a barriga que descansava sob a toalha da mesa. — Você tem certeza de que está enxergando bem, meu amor?

27

Ontem deu-se um fato que eu alcunharia de interessante, talvez desfizesse a uniformidade e a monotonia destas paredes cujos tijolos vou juntando com a massa azulada da caneta; disse *massa* e pensei pela primeira vez que esta não deixa de ser uma espécie de matéria sólida aglomerada, não seria esta a definição de massa: constituição, substância, essência? Poderia dizê-lo a mamãe: Mamãe, veja! E ela apertaria os olhinhos translúcidos: O quê?, não vejo nada. A massa transformada em uma espécie de pão, querida, produzi uma substância sólida, não a vê, não sente seu perfume?

Poderia relembrar o fato: o telefonema da surfista gorda que Vítor diz ser tatuada e a quem se refere como jovem amiga, mas que sei ser sua amante. Chama-se me parece Letícia ou Lorena, tem um modo expansivo, espontâneo ao telefone, disse que o pai pode ser que me conheça. Não quis decepcioná-la, revelar-lhe que hoje em dia não conheço mais ninguém e que, caso o pai houvesse mesmo me conhecido, já estaria morto, quase todos os meus antigos conhecidos estão mortos ou decrépitos, a maioria em asilos. Imediatamente toquei para Vítor: Vítor, que história é essa de me empurrar suas amantes para que eu as distraia quando você se cansa delas? Ele não respondeu, me contou muito circunspecto que havia composto sua primeira ópera, eu estava de péssimo humor, lhe disse que nem eu escuto mais ópera, que dirá os ouvintes menos afonsinos, ele desligou com um beijo e disse que nos veríamos no dia seguinte, no encontro a que me obrigou a ir a fim de conhecer a amásia, lembro-me agora, chama-se Luciana. Ou Lara. Eu lhe disse que não iria, havia perdido todos os telefones de chofres de táxi, ele mandou-me prestar atenção ao interfone à hora do almoço, pois o tocará lá do térreo quando chegar para me buscar em seu carro, que a propósito é uma espécie de jipe, um modelo antiquíssimo, desconheço o vocabulário automobilístico, mas sei que o veículo possuído por Vítor não protege os passageiros da chuva, tem pneus grandes como os de tratores, e ainda bem que não haverá necessidade de trafegarmos por estradas de chão, pois se fosse o caso os percalços causariam considerável desconforto.

Quem virá a ser o pai da adolescente da prancha? Um antigo colega de classe? Mas com filhos assim jovens? Tivesse eu filhos, eles já estariam em idade avançada, uma filha mulher beiraria o climatério. Esse pai, esse homem, talvez ainda viril, ao rever-me concluirá, inevitável: Lígia, coitada, com ela os anos não foram generosos.

Corro ao espelho e imploro: Espere! Não leve meu rosto agora, não inteiro, já tantas partes foram devoradas, comido e regurgitado o brilho, deixe ao menos a centelha dos olhos; de que cor estarão?

Não acredito, a menina chegou! Chamo seu nome: Teresa, venha brincar. Não quer? Pois vamos brincar de descobrir as cores, de que cor são os olhos de sua mãe?

Teresa?

Estou espiando pela janela fechada, que dá para o edifício vizinho, e o apartamento repleto de crianças começa a amontoá-las na cozinha. Conto uma, duas, três, o menor me parece uma cópia do outro, e não sei se estão brincando de pique ou se é o mesmo filho que corre em círculos. A mãe é uma jovem senhora gorda que certamente assa seus pães de modo regular, só não vejo o marido, mas isto não importa. Ela não deixou queimarem os pães, não jogou fora a massa.

Acendo um cigarro e abro a vidraça com certo ruído, o calor é eterno; eu não procurava há tão pouco uma prova de eternidade? Pois ei-la. Achei um algo eterno que é essa lassidão, os dias arrastam-se com o mesmo langor com que rastejam meus pés dentro dos chinelos; somos árvores secas, meus pés e eu mesma. Virão aqui me buscar, desta vez às quatorze horas, mas conseguirão transportar-me esses pés cada vez menos ágeis? Consenti, querido Vítor, não era isso o que urgia fazer? Condescendi, e o dia é como um relógio batendo às avessas, faltam cento e vinte minutos para a explosão. Quando tiver assinado os papéis não será preciso retirar a aliança, ela deslizará sozinha por esse dedo macilento, tocará o tampo de vidro da mesa – há de ser uma impenetrável mesa de vidro a mesa que testemunhará o final do amor – e aterrará metálica silenciando em seguida. O Gato recusará, polido, a devolução da joia, lembrará, disfarçando um olhar para o relógio, que dali a minutos vai encontrar-se com sua pálida rapariga dos verdejantes prados das aldeias lusas. Olhar-me-á com o alívio que tentará transmutar em afeto, suprimirá mais uma vez uma olhadela para o relógio. E no final apertaremos as mãos, como no primeiro dia.

As mãos: no primeiro encontro estávamos formais e medrosos. Cristiano era o advogado de uma prima de mamãe, era preciso que eu fosse junto às audiências, aos encontros, mamãe dizia que eram sinuosos os trâmites do processo e eu era uma mocinha inteligente, poderia ajudar, mas sei que ela fazia a prima me carregar consigo porque já via no jovem e promissor advogado o marido que traria de volta a alegria àquela casa, àquela filha que andava obscurecida. Apertamos as mãos e poucos dias depois ele confessava que conhecia meus infortúnios, tinha lido a reportagem no jornal da cidade, a reportagem da qual eu fizera questão de manter distância, a reportagem com um retrato do meu rosto choroso ou lívido ou perplexo ou estarrecido na primeira página onde se lia qualquer coisa próxima de noivo cancela matrimônio através de recado, a história da noiva que ficou sem casamento. Cristiano foi fazendo promessas: Se pudesse, matava o canalha que te deixou esperando. Senti uma vontade opressiva de chorar, ele não podia matar o Noivo – que o Noivo estivesse longe, muito longe em sua fuga branca; eu jamais o teria, mas que a vida o retivesse para si, que não se interrompesse aquela fuga, aquela vida, e eu às vezes sonhava com Saulo-Emanuel galopando por uma estrada eterna.

Amei menos o novo marido porque o temi; tinha receio de que matasse o Noivo e a lembrança. A memória do casamento paralisado como uma fotografia é a outra ponta de um túnel: quando o atravesso, visito minha juventude. Se Noivo agora usufrui de uma vida quiçá tranquila e profícua, distante daqui, em minha recordação ele continua moreno e próximo nas histórias do jardim, no vinho doce das noites de cigarras e beija-flores, nunca entendi como dormiam tão tarde aqueles pássaros irrequietos, e as mãos de Saulo-Emanuel, o que há de vir, brincavam com minhas orelhas, meu nariz e meus lábios que sorriam, passeavam pelas abas de meu vestido como se tocassem em pétalas. As mãos do Noivo, que cheiravam a fumo e a pinho, nunca mais?

Revejo a menina e revejo seu pai, ambos embrulhados num sonho descoberto. De repente sinto frio e vou fechar a vidraça, abro os olhos, com medo dessa casa devassada, por onde entrou o vento? O telefone toca, é quase hora de sacramentar o fim. Não basta o Gato ter desaparecido há mais de ano, é preciso formalizar a despedida, a civilização precisa de rituais, eu mesma não fizera tanta questão da aliança no dedo em frente às testemunhas? Pois que agora faça o movimento contrário. É hora, o vento súbito prenunciava o telefonema, tiro o fone do gancho: O acordo judicial está confirmado para as quatorze horas. Sim, senhor, estarei lá, agradeço e desligo, volto à janela, vou reabri-la, não me importo mais com o vento que sei, por algum motivo, que terá já amainado, no caminho resolvo tirar a aliança por mim mesma, vou devolvê-la ao Gato e decido expressar minha gratidão, houve traições, é fato, mas nem tantas quanto poderiam ter sido, um homem tão belo, agradeço não só por todos esses anos, mas especialmente, particularmente, inesquecivelmente por aquele momento, o do altar, a aliança quase espetando a carne, conforme prometido, de resto nada importa, fico em paz, Cristiano foi bom para mim, o Noivo foi bom para mim, ocorre que é preciso concluir as coisas, a vida faz-se dessa forma, é de praxe, o riso sucede à lágrima, o parto, à gestação, o silêncio, à palavra.

28

— Perto do piano. Aquela moça de camisola estampada não é Larissa?
— Aquilo é uma saída de praia — a esposa divertia-se, arrastando a cadeira a fim de aumentar o ângulo de visão. — Realmente ela é parecida com a sua filha.
— Vou lá falar com ela.
— Será que a Larissa conhece aquela senhora?
— Já volto.
— Espere ela vir aqui, Amir.
Mas ele já se havia erguido. Empurrou para trás a cadeira, que escorregou e caiu no chão. Ia apanhá-la e trazê-la de volta, mas um garçom que passava com uma bandeja vazia foi mais veloz e restituiu a exata geometria ao bocado provisoriamente desorganizado do recinto. Amir agradeceu, limpou a testa com o lenço, firmou a vista na mesa do piano, viu-a um pouco baça. Ao mesmo tempo as pernas lhe pesaram e ele admitiu que a bebida estava em vias de fazer efeito, e se fosse avante era recomendável reconhecer que poderia fazer alguma vergonha; iria ao chão, imediatamente acudiria um garçom, que não sustentaria sozinho o peso de seu corpo e chamaria por outro com um grito abafado ou um assobio, e então apareceria diligente o segundo garçom, que teria deixado a bandeja cheia de copos e garrafas sobre uma mesa próxima, na qual outra

família como a dele teria se sentido incomodamente invadida pela enormidade da bandeja alheia e portanto despropositada lhes ocupando o espaço, que deveria ser cedido apenas para os acepipes que fossem ser por eles degustados. E o segundo garçom gritaria por um terceiro garçom, que o sustentaria pelos pés com uma das mãos e com a outra discaria no telefone celular o número da ambulância.

— Amir, você vai ficar aí parado? — riu-se a esposa, apanhando um pedaço de pão que estivera esquecido dentro da cesta.

Ele não respondeu, porque também não havia escutado, ou se escutara não dispusera da tranquilidade necessária para que a informação se processasse no cérebro, ora ocupado em unir os axônios responsáveis pelo bem proceder do nervo óptico para que este enviasse ao córtex a exata imagem da mesa próxima ao piano. A moça que seria Larissa fez um sinal exagerado ao garçom, sorrindo talvez na excitada antecipação do alimento cujos eflúvios já deviam estar provocando os filamentos nervosos através do estímulo oriundo das narinas.

"Minha filha está um pouco gorda, mas até que está bonita, está uma moça", pensou, agora na dúvida se a jovem vestida com a estampa colorida que acabara de apertar as mãos de Lígia entre as suas seria mesmo aquela saída do ventre da primeira esposa. Achou-lhe o nariz mais afilado e também fazia uma ideia dos cabelos de Larissa menos compridos. Porém nada impedia que ela os tivesse deixado crescer; fazia algum tempo que não se encontravam. Quando sentiu a vertigem mais branda, deu o primeiro passo em direção à mesa da noiva antiga.

29

Deitei-me no sofá e apaguei a luz, puxei as cobertas, implorei ao cérebro que se calasse e me deixasse dormir. Pedi-lhe também que não me acordasse nunca mais, no entanto aqui estou, sentada e de volta ao iluminado da sala e à paisagem da vidraça, que deixa transparecer a vizinha dos filhos que agora os tem reunidos à volta da mesa do jantar. Conto-os num gesto distraído e logo esqueço, creio serem cinco, mas um deles atravessa a sala voando. Não, a mancha amarronzada era apenas uma almofada atirada a esmo por um dos infantes, devem ser todos de péssima educação.

Aperto os olhos e os pés sobre o forro do sofá, preciso tocar a superfície e senti-la espessa e sólida como um travesseiro. Há coisa de hora comuniquei-me com Vítor, que me explicou estar fora do estado, tinha ido resolver burocracias que não compreendi, sobre direitos autorais, e retornaria no dia seguinte. Mas está tão boa a ligação, ouvi-me dizendo, e logo escutei seu riso divertido, chamando minha ignorância de apego a um passado sem telefones movidos a satélites que funcionam em qualquer lugar do globo e muito provavelmente para além. Acaso farão um telefone para os mortos?, perguntei-lhe, imaginando que o feito poderia ser uma consequência natural dos ininterruptos avanços da tecnologia, que nunca descartou nem a chamada máquina de se voltar no tempo, que dirá a possibilidade de aproveitar as energias dissipadas pelos infelizes que perderam os corpos. Ia argumentar que estava comprovado que a energia (evitei a palavra alma) do finado continuava espalhando-se pela terra, e muito natural seria que se arranjasse uma forma assaz moderna para viabilizar com ela alguma comunicação, entretanto nesse exato ponto do telefonema a voz de Vítor foi substituída primeiro por um apito depois pela fala da telefonista, aliás, gravação eletromagnética, que por um instante cogitei ser uma nova namorada fingindo-se de secretária eletrônica ou gravação de caixa postal e rindo-se com Vítor à larga de minha credulidade, sobretudo de minha solidão.

A ligação foi interrompida, mas deu tempo de Vítor me perguntar sobre a audiência, se eu havia de fato ido, se tudo correra bem. Correu às mil maravilhas, confirmei, e ele então propôs que eu contasse os detalhes no domingo, como se o sacramentar do meu divórcio fosse a mais alvissareira das notícias.

Cristiano estava tão sedutor de terno nesse derradeiro encontro; terá sido a portuguesinha que o ataviou com a gravata de listras? Tão áspera esta palavra, divórcio, joguei um jogo comigo mesma e fiquei contando quantas vezes era dita pela boca dos advogados: trinta e duas.

O traje sedutor de Cristiano: sempre necessitou usar gravatas, porém jamais soube ajustá-las, era eu quem dava os nós, diariamente. Sentia-me tão ajustada também eu àquele casamento, durou trinta e cinco anos, foi mesmo isso tudo?

O Gato fingia precisar de mim para pôr a gravata porque sabia que era o único momento do dia em que eu me sentia útil? Uma vez lhe disse que desejava um emprego e ele sorriu. Não respondeu, em absoluto: deu um sorriso, um beijo seco em minha testa e dirigiu-se ao elevador. Esperei o botãozinho iluminado do sobe-desce apagar-se e então voltei pela porta aberta do apartamento, fechei-a, pus as trancas e pensei: agora começarei meus afazeres. Lembro que pus-me a rir também, afazeres! E para dissipar aquela alegria esquisita telefonei à manicure, à massagista e à depiladora, marcando uma sessão em seguida da outra para que não houvesse tempo de—

Pouso a caneta e interrompo a marcha das letras, estão cansadas. Olho de novo a vidraça e lhe percebo uma inflexão dourada; é a despedida do sol. Desejo pedir-lhe que fique, que os raios frouxos mas ainda cálidos resistam à anestesia da noite.

30

A praia estava vazia e o sol aquecia sem incomodar. Larissa deitou-se na areia, apoiou a cabeça sobre a prancha, fechou os olhos. Era o dia de seu aniversário, dali a pouco se encontraria com Lígia, ouviria as histórias que ela talvez lhe contasse, talvez calasse. Pessoalmente seria ainda mais bonita? Na tela do computador de Vítor havia um retrato recente, ela ria de lábios cerrados, a expressão era ao mesmo tempo constrangida e divertida, uma das mãos segurava uma taça, a outra estava espalmada, ela talvez protestasse que não queria ser fotografada. Larissa apanhou o telefone no bolso, ligou para Amir. Ninguém atendeu.

Visualizou-o ocupado não com as obrigações profissionais ou familiares, mas impossibilitado de atender porque estava indo encontrar-se com Lígia, o amor da juventude, viu-o atônito, procurando-a pelas ruas de uma cidade imaginada, pelas alamedas, por lojas, estações lúgubres de trem, escutou-o dizer seu nome.

Ela mesma nunca havia experimentado um amor como aquele de Lígia. Imutável como a marcha das horas e com o frescor dos primeiros dias, como era possível? Vítor, o pianista que ela conhecera havia cerca de um mês numa casa de shows, era sem dúvida um homem interessante, mas Larissa passou a achá-lo fascinante quando ele começou a lhe contar as histórias da amiga, a noiva eterna. Como ela se mostrava interessada, um dia ele chegou a lhe mostrar as duas páginas amolecidas e amareladas de um jornal que Lígia lhe dera sem ter lido e no qual, mais de quarenta anos atrás, saíra a reportagem sobre o casamento desfeito. Quando Larissa viu, na tipografia um pouco torta, o nome e o sobrenome do pai, recuou soltando a folha e a derrubando no chão, como se tivesse acabado de tocar na prova de um crime que se desejaria sepultado para sempre. Vítor desconfiou e logo lhe perguntou se já tinha ouvido falar no caso e, quando Larissa lhe contou de quem era filha, ele foi à cozinha buscar alguma bebida para acalmá-la e mandou que se sentasse. Quando voltou, Larissa já telefonava ao pai, mas Vítor arrancou-lhe o aparelho das mãos e lhe pediu que fosse cuidadosa ao lhe dar a notícia. Ou, melhor ainda, que nem desse notícia alguma. Larissa explicou que se lembrava de Amir comentando o assunto por alto, mas que agora, depois do choque de dar com a notícia viva como um bicho no jornal, não seria capaz de dirigir a palavra ao pai de novo se não desse um jeito de obrigá-lo a desculpar-se por uma vergonha daquelas. Vítor contemporizou: "Mas ele era tão jovem!" E completou dizendo que jovens agiam por impulso, como o impulso que ela mesma tinha acabado de ter ao digitar os números do pai para quase matá-lo do coração. Larissa prometeu que tocaria no assunto aos poucos. Vítor duvidou. Mas lhe pediu que, acima de tudo, fosse cuidadosa com Lígia. "Sei que você vai querer conhecê-la", disse, "mas tenha com ela o cuidado que você teria com uma flor destituída da terra, uma flor arrancada. E não mencione", prosseguiu, "em hipótese alguma, esse jornal."

Larissa tinha ficado impressionada com o tom devassador e debochado do relato; o colunista aludia ao desperdício do vestido "de tafetá drapeado bordado com madrepérolas" e propunha uma aposta sobre quanto tempo exatamente a moça teria ficado esperando, "enquanto se abanava com as caríssimas flores do buquê".

Ajeitando a cabeça sobre a prancha, Larissa sentiu o desejo de compensar Lígia por toda a humilhação, o escárnio e o escândalo; teve ódio do repórter do periódico, chegou a considerar a volta à faculdade de jornalismo para reescrever histórias mal contadas como aquela.

Mas não teve ódio de seu pai. Lembrava-se das raras vezes em que ele mencionara o fato deplorável, quando ela ainda era pequena, como se fosse uma façanha varonil, e viu-o tão frágil quanto a noiva desamparada. Sem saber de onde vinha aquele enternecimento, Larissa compreendeu-o, pela primeira vez.

No entanto desejou, mais definitivamente ainda, que ele limpasse, ou ao menos espanasse o passado coberto de covardia. Refletiu que ter largado a primeira noiva era como largar a primeira filha; Larissa se lembrava de quando o pai saía de casa sem justificativas, e, depois de lhe prometer trazer balas e bombons, voltava de madrugada, com as mãos vazias. Como Lígia em frente à igreja, Larissa o esperava, debruçada no parapeito da janela do quarto, sem conseguir dormir.

Lamentou que o pai não tivesse honrado nem o altar de Lígia nem o da primeira família, mas perdoou-o mesmo assim, sufocando o desejo de lhe contar da descoberta do jornal. Decidiu injetar nele a verdade em doses homeopáticas, teve a ideia de mencionar Lígia como um assunto duvidoso, casual, antes de fazê-lo casualmente encontrar com ela no restaurante. Pegou novamente o telefone, digitou os números, ouviu o ruído da caixa postal, desligou-o, jogou-o para o lado, e sentiu raiva agora de Lígia: onde já se viu aceitar um descaramento daqueles ficando décadas em silêncio? Considerou-a fraca, submissa, um mau fruto de uma época mais ou menos árida, teve medo de admirá-la pouco, quando a conhecesse pessoalmente dali a algumas horas, receou ser dura quando lhe dissesse uma ou duas verdades, comparou-se a ela, achou-se mais madura, mais preparada para a vida, depois refletiu que os tempos eram outros, pensou que também ela não teria talvez tido a mais corajosa das reações se a espera em frente à igreja tivesse ocorrido em algum momento daqueles vinte e cinco anos, chegou a admitir que, dada como era a fases depressivas, poderia ter até adoecido se aquela desgraça tivesse acontecido com ela, concluiu que Lígia mal ou bem estava ali firme e forte, que não fizera besteiras, achou-a paciente, lembrou-se de seu rosto na tela de Vítor, viu-a interessante, talvez fosse engraçada, teve inveja de seu possível bom humor depois de passar uma humilhação cujos efeitos, noutra pessoa, poderiam ter durado toda a vida, admirou-a por não ter virado uma velha ranzinza, desejou que o momento de conhecê-la chegasse logo, treinou como a cumprimentaria, fez uma lista de primeiras perguntas, depois cansou-se, achou tudo aquilo absurdo, careta e sem propósito, olhou para cima, para o lado, viu um caranguejo parado olhando para ela, sentiu vontade de rir, depois fechou os olhos, abriu-os, fechou-os de novo e cravou as mãos na areia como se quisesse sugar o miolo do mundo.

31

Fui e fiz o que tinha de fazer, repeti a ele, que ficou me olhando com o sorriso de nuvem que não chovia nem passava. Não era o que você queria, Vítor adorado?

Havia chegado de viagem e praticamente saíra do aeroporto para o meu apartamento. Acomodou-se dentro do cachecol xadrez e ficou esperando, talvez tivesse achado que eu ia me levantar e coar um café, trocar o disco. Quer chá?, lhe perguntei, mas não chegou a escutar porque começara outro assunto. Desse assunto não gosto, desejei adverti-lo, mas não deu tempo. Estava a meu lado e pude ver como seus cabelos haviam se tornado cinzentos, ele teria sido louro na juventude? Em seus olhos de súplica repousava o assunto proibido, não haveria mais para onde se ir. Lígia, me perdoe. Mas se ele não fizera nada!, agora era eu quem sentia compaixão. Compreendi que ele o amava.

Foi então que se ajoelhou a meus pés, debulhou-se em lágrimas – mamãe gostava desse verbo, às vezes lia romances em voz alta: *debulhou-se em espessas lágrimas*. Lembrei-me de quando era criança e vovó fingia-se muito contrafeita quando reclamava com mamãe: Mas essa menina, como é chorona. Papai preocupava-se com minha fragilidade, mamãe lhe assegurava que tudo haveria de passar quando eu me casasse. Vítor se casaria com a jovem da prancha? Acaso poderia vir a amá-la, amar outra pessoa que não fosse aquele que seu coração havia tão desastradamente escolhido? Mas para que o desespero, meu Jesus, pois se não lhe quero mal algum. Traíra-me com o pior tipo de traição, tentava me explicar, torturado. Eu lhe abrira as portas e me desapontava assim, eu lhe perdoara e ele pensou que suportaria, não suportava. As portas não deveriam ter sido abertas, argumentei, e o erro portanto é mais meu. Que eu tivesse deixado meu marido no romance com a empregada que comia pães, com a portuguesa da estampa, era preciso querer fazer o mesmo? No dia de minha primeira comunhão, padre Marco me alertara no confessionário: A vingança é um pecado, minha filha. Eu não entendera, porque havia escondido a boneca da menina que escondera a minha, e contara ao padre o feito para que ele me elogiasse na frente dos outros e punisse a outra, eu não conhecia a palavra vingança, mas pecado conhecia e não podia conceber que um ato que me dera tanto prazer pudesse levar-me para baixo da terra. Tenho medo de minhocas, sussurrei ao padre quando me ameaçou com o destino dos vingativos, e ele me aconselhou que continuasse com medo delas, pois os bichos que encontraria no inferno eram impossíveis à imaginação. Fiquei com pavor e vontade de imaginar.

Queria que você me ofendesse, gritasse comigo, Vítor prosseguiu em seu acesso de remorso. Expliquei a ele que aquilo tudo devia ser fruto de má música, levantei-me e tirei o disco, nada de Modest Mussorgsky, vamos ouvir um barroco e tomar chá; Händel? Vítor segurou meu rosto com as duas mãos e disse que me amava, que eu era sua amiga mais querida, e que estava felicíssimo porque eu ia conhecer sua madona, chamava a menina da prancha de sua madona, ia lhe compor uma canção, perguntou-me se gostaria de fazer um poema para uma melodia que tinha iniciado, e percebi em seu esforço o desejo de soterrar aquele amor que o molestava como uma pústula. Não falamos mais no assunto. Entretanto, enquanto ele escolhia um vinho no balcão do bar e procurava taças em minha cozinha, fiquei a sós com Händel e não pude evitar lembrar-me de como tudo começou. Ou melhor, como começou escapa talvez ao meu conhecimento ou percepção, percepção que na verdade não queria perceber, admitir, mas lembrei-me de como tudo foi descoberto. Ou revelado.

Cristiano já havia saído de casa, foi perto do Natal. Depois que o vi com sua portuguesa através do vidro da casa de chá, tão cheio de expectativa e deleite, meu marido confessou que o prazer que sentira comigo, se é que o sentira um dia, havia ficado no passado. Perdoei-o, pedi que não fosse embora, expliquei-lhe que aquelas mudanças de endereço do foco do prazer eram muito naturais em casamentos duradouros como o nosso, ele tornou-se tenso, eu, chorosa, Gato não gosta, nunca gostou das chorosas, prefere as práticas, as de riso fácil e estáveis como se fossem pinturas numa tela, ele prefere, eu sabia, insisti assim mesmo, segurei o choro, o choro já viera e estava pelo meio, quis tornar-me mais bela, não pude, meu rosto nesse momento exato afastou-se de mim, foi embora junto com o Gato por aquela porta de madeira boa, talvez jacarandá, é um apartamento sólido, o casamento era para ter sido. Do elevador comunicou-me que aquele desfecho era o único possível consideradas as circunstâncias e que eu ficaria melhor sem ele.

Insisti, telefonei-lhe. Estava já vivendo com a portuguesa? Pois eu pagaria na mesma moeda, conseguiria chamar-lhe a atenção se ativasse seus instintos primitivos de marido, ele havia de sentir ciúme. Eu sabia, eu sei que quando todos saíamos juntos e Cristiano nos pegava conversando horas seguidas aqui nessa sala, Vítor e eu, sei que o Gato achava normal, achava tudo normal, mas eu não queria o normal, liguei para Vítor, lhe disse: Vítor, o Gato saiu de casa, você poderia vir me ver, me levar para tomar alguma coisa? Ele sugeriu um vinho, eu sabia que Cristiano iria a um certo restaurante, sabia porque ligara para ele como fazia quase todos os dias, nesse dia ele foi obrigado a me contar, eu insistira: Aonde você vai? É com a portuguesa? É naquela mesma casa de chá? Cristiano respondeu que não, deu-me o nome do restaurante, com irritação, gritou: Não posso ir aí porque vou lá, mas Vítor pôde, Vítor veio, eu não lhe contei de meu real propósito, queria ir atrás de Cristiano com um homem e fazê-lo sofrer por ver que finalmente havia me perdido.

Procurei o melhor vestido que havia no armário, maquiei-me, penteei-me, entrei de braços dados com Vítor, Vítor é um pianista bem-apessoado, Cristiano haveria de ficar surpreso, aborrecido, chocado, haveria de pensar: ora essa, não faz nem um mês que a abandonei e já está aí com outro homem, e conhecido ainda por cima, será que já mantinham um caso enquanto ela ainda era casada comigo? Eu o deixaria instável, perturbado, ele chegaria a achar a portuguesa talvez enfadonha. Porém, ao darmos com os dois e cumprimentá-los, a verdade chegou como um tapa. Fomos para uma mesa longe da mesa onde estavam meu marido e sua portuguesa, e Vítor, que havia enrubescido ao ver Cristiano com a menina e que me fizera desconfiar que também ele tinha simpatia pela beleza lusa, ficou em silêncio quando o garçom lhe perguntou o que iria ser. O garçom repetiu a pergunta, também a repeti eu, e um pouco mais tarde Vítor disse, disse como quem comenta do tempo, de uma chuva súbita: Seu ex-marido é sem dúvida um belo homem. Acoplada à frase veio outro rubor de face, eu compreendi, quis interpelá-lo: Então é isso?, porém a dor transformou em pedra meus lábios, servi-me do vinho que sabia a vinagre, enterrei-me num silêncio de cúmplice, e foi então que Vítor decidiu confessar: Você não ficou chateada por eu achar seu ex-marido bonito, certo? Não há mal algum um homem achar outro homem bonito. Respondi: Mal não há. Ele já tinha os olhos úmidos, abomino sua integridade, decidiu dizer tudo: Lígia, me perdoe, não sei o que há comigo. Quando começou?, perguntei, ele sussurrou como se decretasse a própria sentença de morte: Na primeira vez em que o vi. Não pude proferir palavra, nem naquele dia nem nunca mais voltamos ao assunto com exceção de hoje, amanhã haverá o encontro com a adolescente da prancha, o clima será ameno, preciso de amenidades como precisei de uma substância doce naquela noite: Pelo amor de Deus, o que há de errado com esse vinho?, e como era desaconselhável adoçálo tomei-o amargo até o fim, mas fiquei imaginando seu gosto, o gosto imaginado veio junto com a imagem de Cristiano levantando-se da cadeira e vindo tirar satisfações com Vítor, que então estaria abraçado comigo numa atitude de posse, o Gato diria: Como ousa tomar a minha mulher?, imaginei e imagino a mágoa, a disputa, a volta, a voz e o vinho melífluos.

32

Amir deu o segundo passo em direção à mesa de Lígia. O que lhe diria? Não lhe diria nada, naturalmente, além de boa-tarde, como vai a senhora? Estaria ali a fim de dar os cumprimentos à filha que aniversariava e que por algum motivo deixava-se cumprimentar primeiro por uma estranha em vez de pelo próprio pai. Amir refletiu que Lígia não abraçara sua filha, dando-lhe os parabéns; talvez já a tivesse cumprimentado antes, ou até nem saberia sobre seu natalício, poderiam as duas ter travado conhecimento recentemente, quem sabe eram companheiras de algum jogo, ou aulas de artesanato, sua filha não dissera alguma coisa sobre atividades extracurriculares?

Amir passou de novo o lenço sobre o rosto, desta vez com certa violência.

O que estava indo fazer, afinal? Um papel miserável: perturbar a conversa de sua filha com uma amiga mais velha. Ora essa, ele passara todo aquele tempo ausente da existência da menina e agora queria imiscuir-se em seus projetos apenas porque cismara que a desconhecida que dividia talvez por breves momentos com ela a mesa havia feito parte de sua vida. Era evidente que ele se enganara: aquela não era, não havia sido, nem nunca poderia vir a ser Lígia. Aquela era uma mulher com um semblante belo e quase alegre; ele acabava de reparar no sorriso sereno com que ela acolhia sua filha. À Lígia do passado não restaria sequer uma gota de ventura – Amir havia feito secar a fonte.

Com uma pontada na cabeça, ele refletiu que não adiantaria cumprimentar uma versão de Lígia. A Lígia real, cujos sonhos ele decapitara havia décadas, prosseguiria assombrando seus pensamentos dali em diante como uma alma penada, um arremedo de mulher sem seiva, perambulando por sua memória dentro de um vestido branco devorado por vermes.

33

Interrompo a escrita e imagino o açúcar de confeiteiro para polvilhar sobre os pães que hoje vão nascer. Penso em sua longa gestação, e penso nesta outra, que precisa de seu parto também, porém a carga da caneta está acabando e não há lápis por perto. Procuro um estojo pela cozinha e me deparo com os ingredientes que comprei e enfileirei sobre a mesa. No centro, o tabuleiro ainda vazio tem a paciência de uma folha em branco.

Tenho todo o material necessário diante de mim: a farinha, a manteiga, os ovos, o leite, as essências perfumadas, o fermento que transformará massa em pão. Estou pronta, mas desespero-me com a ausência do fino açúcar para a cobertura – acaso a superfície do pão não será tão importante quanto seu interior? Deixo os ingredientes e vasculho a casa para procurá-lo; possuo açúcar de confeiteiro em casa como o possuíram minha mãe, avó e as gerações que as precederam. Choro. Os grãos minúsculos não choverão sobre a massa pronta nos tabuleiros, será como uma espera num deserto. Procuro pelos cômodos, pelos armários, arrisco embrenhar-me pelos quartos, meu quarto que um dia fora também de um marido; acaso ter-se-ia escondido a doçura branca por aqui? Sinto vontade, pela primeira vez, de comer o pão e não só de criá-lo.

Depois de uma receita pronta poderei fazer outras, e quem sabe a vizinha, a das crianças semelhantes, as trará para provar do pão, e alimentando os estômagos deixarei de alimentar o silêncio.

Há décadas o silêncio nutre-se de branco, e com certo alívio encontro uma caneta-tinteiro no alto da estante que alcanço com o auxílio de uma cadeira e onde julguei estar o açúcar. A tinta escorre escura e mancha meus dedos; penso em fazê-la jorrar sobre os pães, que não serão mais brancos e por isso não caberão dentro deles as memórias brancas daquele dia.

Não precisarei mais interromper a escrita, penso com certo alívio. Usarei a caneta-tinteiro para enfeitar as últimas palavras como teria usado os grãos do açúcar fino se o tivesse encontrado. A massa terá acaso o mesmo sabor?

34

Amir deu mais um passo e lembrou-se de pôr os óculos, que descansavam pendurados no pescoço por uma corda que a esposa havia comprado no estrangeiro. Pondo os óculos e dando outro passo teve certeza não só de que Lígia não era Lígia, mas também de que a moça que agora apoiava a cabeça sobre as mãos como se quisesse escutar um relato não era sua filha; Larissa não estaria assim concentrada no assunto de uma velha, Larissa haveria de se concentrar em superficialidades, no máximo cumprimentaria a amiga idosa e iria logo procurar por ele, rodando a cabeça inquieta, balançando os quadris em seu andar ao mesmo tempo feminino e infantil. Havia passado muito tempo sem que se vissem, mas, a bem da verdade, sua filha ainda era uma menina.

Ele suspirou com certo alívio, mas logo lembrou-se: se não tivesse a desculpa da filha não haveria meios de aproximar-se de Lígia, caso no final das contas a mulher viesse a sê-la. Com o grau dos óculos auxiliando no processo de apurar a visão e tendo dado mais um passo à frente, Amir considerou que havia, sem sombra de dúvida, uma generosa porção de semelhança entre a mulher próxima ao piano e a Lígia que havia sido sua. As lentes acabavam de lhe mostrar, também, que a mulher que conversava com a menina – a qual, ele se convencia, se não fosse sua filha seria dela uma irmã gêmea – era mais bela do que anteriormente ele percebera. Sua beleza era das que se revelavam aos poucos, como se Amir a enxergasse levemente oculta, como por uma cortina rasa, um vapor de navio, um véu. A semelhança da beleza da mulher em frente à Larissa com a beleza da primeira noiva começou a fazer com que se sentisse tonto. A amiga de Larissa e Lígia eram, decididamente, a mesma pessoa.

A primeira noiva estaria então a alguns passos dele? Seus olhos escorregadios tentavam agarrar-se a algum detalhe, uma prova em contrário, mas a senhora transmutava-se inexorável na menina que ele havia optado por deixar em frente à igreja numa espera estéril – quanto tempo essa menina teria ficado por ali? O que teria pensado? Como o teria visto, lhe interpretado o gesto? Lembrou-se do bilhete; havia escrito um bilhete por intervenção da mãe, já que o pai deixara de lhe dirigir a palavra quando descobriu-o tíbio e descumpridor de seus deveres. Rabiscou duas ou três frases e sentiu-se justificado; em pouco tempo não só a mãe, mas também o pai já lhe devotavam outra vez o respeito, era o filho mais novo de uma longa linhagem de filhas mulheres, o depositário das esperanças profissionais e dos mimos de uma família inteira de imigrantes libaneses fugidos de uma guerra, cujo nome ele não lembrava, e sequiosos de degustar a paz de um país auspicioso. Os genitores esqueceram o acontecido, que foi perdendo as arestas irregulares e transformando-se em imprudência de garoto, e em sua própria memória a noiva-menina destituía-se das características humanas, como ser de carne e osso e ter derramado lágrimas ou ter se sentido tão só a ponto de cogitar por exemplo atirar-se do alto de um precipício, e ganhava tons de um incidente estático – a espera infrutífera do lado de fora do casamento virava um cromo de livro, uma pintura antiga que ele passou a considerar de certa forma bela.

– Amir, você vai ou não vai chamar a sua filha para sentar aqui?

Ele dirigia-se à mesa próxima ao piano, mas a passos tão imperceptíveis que era como se ainda estivesse num raio de meio metro em relação à esposa. Recobrou as esperanças: se a esposa chamara a estranha de sua filha e enxergava muito melhor do que ele, estava provado que era Larissa a companhia de Lígia e portanto ele possuía todo o direito de reclamar sua presença e intrometer-se na conversa. Andou decidido para a frente, combateu nova vertigem respirando com vigor, viu aproximar-se o piano, agora ativo e estimulado pelas mãos do músico que parecia excelente profissional, não apenas por executar com aparente perfeição as notas de um jazz que ele não conhecia, mas porque havia sido cumprimentado por Lígia, que decerto não receberia em sua mesa músicos fajutos.

Olhou para o lado um instante e deu passagem a um garçom que empunhava o que lhe pareceu um mosaico de salsichas e esse intervalo bastou para que perdesse a viagem: Lígia e Larissa haviam se levantado. Amir voltou-se para um jovem casal que conversava na mesa vizinha.

– Desculpem-me a intromissão, mas a senhora e a senhorita que estavam aqui e que acabaram de se levantar: por acaso viram em que direção elas foram?

O rapaz apontou para a direita, onde ficava a saída, e a moça indicou o lado esquerdo, observando que, salvo engano, as vizinhas de mesa tinham se levantado para ir ao toalete, e que havia, inclusive, uma alça sobre uma das cadeiras, deveria ser a bolsa de uma delas.

Amir agradeceu a informação e seguiu em direção ao corredor dos toaletes, onde tencionava esperar pela noiva que felizmente ainda estava viva e com saúde depois de todos aqueles anos. Quando chegou, encostou-se à parede, cerrando os olhos e deixando que o desejo reprimido durante décadas fosse expelido do cárcere do cérebro e viesse em forma de lágrimas. Dentro de alguns segundos ele reveria Lígia e lhe ouviria a voz; lembrou-se da voz um pouco rouca da menina que lhe pedia histórias e entremeava de comentários espirituosos suas narrativas frouxas e despidas de qualidades interessantes. Deduziu que não era ele, mas ela quem de fato produzia os enredos, já que guiava sua narração com perguntas direcionadas a detalhes que não existiam mas que, presentes na imaginação dela, ainda que na forma límbica de possibilidades, acabavam ornando os fatos e elevando-os a uma outra categoria. Com Lígia ele sentia-se uma espécie de herói. Súbito tinha uma revelação: jamais se sentira um herói nem com as esposas nem com os filhos e percebia que sua vida não seguira o curso que deveria ter seguido porque, caso houvesse algum propósito em sua vinda ao mundo, era o de sentir-se exatamente o herói que Lígia havia fabricado nele.

Era uma revelação possante que mudaria sua trajetória e talvez seu caráter, sua personalidade, seus objetivos a partir de então. Quanto tempo ainda teria de vida dali em diante? A expectativa em relação ao momento de abrir-se a porta do toalete e surgir por ela Lígia foi tornando-se progressivamente insuportável. Em poucos minutos, décadas de ausência reclamavam finalmente seu espaço no coração ou na alma ou na memória ou nas mãos de Amir, que provavam estar cientes de que algo muito atípico se dava visto estarem trêmulas, pegajosas, cobertas por um suor gelado. Reconheceu-se um homem bom; sentia saudades. Quando a porta se abrisse, ele diria: "Lígia querida, por favor, me perdoe."

35

Como a farinha, o ovo, o fermento transformados noutra matéria pelo calor do forno, também o fruto dos fatos se transformará depois que eles virarem palavras. Se o líquido do leite depois de assado não é mais líquido, transformarei também a tarde branca com o condão da tinta da caneta, com a tinta da caneta transforma-se faca em flor.

Olho meus dedos manchados e desço da cadeira, palmilho a pés descalços o chão. A tristeza é finita como as letras de um bilhete; não sou mais uma noiva desvestida de um rosto, prisioneira do minuto antes do qual as palavras polvilhavam de sentido a massa das horas.

Decido voltar.

Perfuro uma alameda de espelhos e encontro a tarde que ainda é mistério, promessa inflada no oco das conchas ímpares; elas perderão a cor com o grito das árvores, o suspiro dos relógios de pulso, mas ainda o desconhecem. O buquê é denso de cor e por dentro também germina uma flor que ainda não sabe, mas que será só semente. A água que traz o viço virá das palavras que não entrarão no bilhete; que se desfaça o bilhete! É preciso correr. Que se acendam as velas e se salpique o chão da nave de pétalas coloridas, o Noivo chegará. Basta rasgar o bilhete, desfazer palavras, rabiscos, deixar que o papel

vazio flutue sobre o dia com o brancor do recomeço, o brancor fecundo do vestido, do véu, das rendas, dos tules, das luvas, das nuvens suaves. Não importa o tempo, que importa? Pois se é eterna a tarde. Basta que ele chegue e se regue a semente, e voltem as folhas, são verdes as folhas, desfazem-se como purpurina, derramam-se sobre a tarde fazendo germiná-la porque o Noivo da tarde do dia que não é mais branco vai chegar, já o vejo perfurando a névoa do papel cujas letras que não se perfazem nunca escapam ondulantes, são gotas de confetes, grãos de arroz, pétalas de flores com que se enfeitam os altares, pingos macios de uma chuva que quando vier fará renascer os frutos, chuva limpa que, como o homem prometido, chegará, há de vir, já vem vindo,
    vem vindo
    vem vindo

Este livro foi impresso na Editora JPA Ltda.,
Av. Brasil, 10.600 – Rio de Janeiro – RJ,
para a Editora Rocco Ltda.